강화학개론

빈형 게임 판타지 장편소설

WISHBOOKS FANTASY STORY

강화학개론 14

빈형 게임 판타지 장편소설

초판 1쇄 찍은 날 | 2018년 8월 16일
초판 1쇄 펴낸 날 | 2018년 8월 23일

지은이 | 빈형
펴낸이 | 예경원

기획 | 위시북스
편집책임 | 이규재
편집 | 위시북스

펴낸곳 | 예원북스
등록번호 | 제396-2012-000132호
등록일자 | 2012. 7. 25
KFN | 제1-299호

주소 | 경기도 고양시 일산동구 호수로 646-24 위너스21 II 빌딩 206A호 (우)10401
전화 | 031-819-9431 팩스 | 031-817-9432
E-mail | yewonbooks@naver.com

ISBN 979-11-89348-94-6 04810
979-11-6098-321-0 (set)

※ 이 도서의 국립중앙도서관 출판시도서목록(CIP)은 서지정보유통지원시스템 홈페이지(http://seoji.go.kr)와 국가자료공동목록시스템(http://www.nl.go.kr/kolisnet)에서 이용하실 수 있습니다.

강화학개론

빈형 게임 판타지 장편소설

WISHBOOKS FANTASY STORY

Wish Books

강화학개론

CONTENTS

Episode 58.

화려한 여행

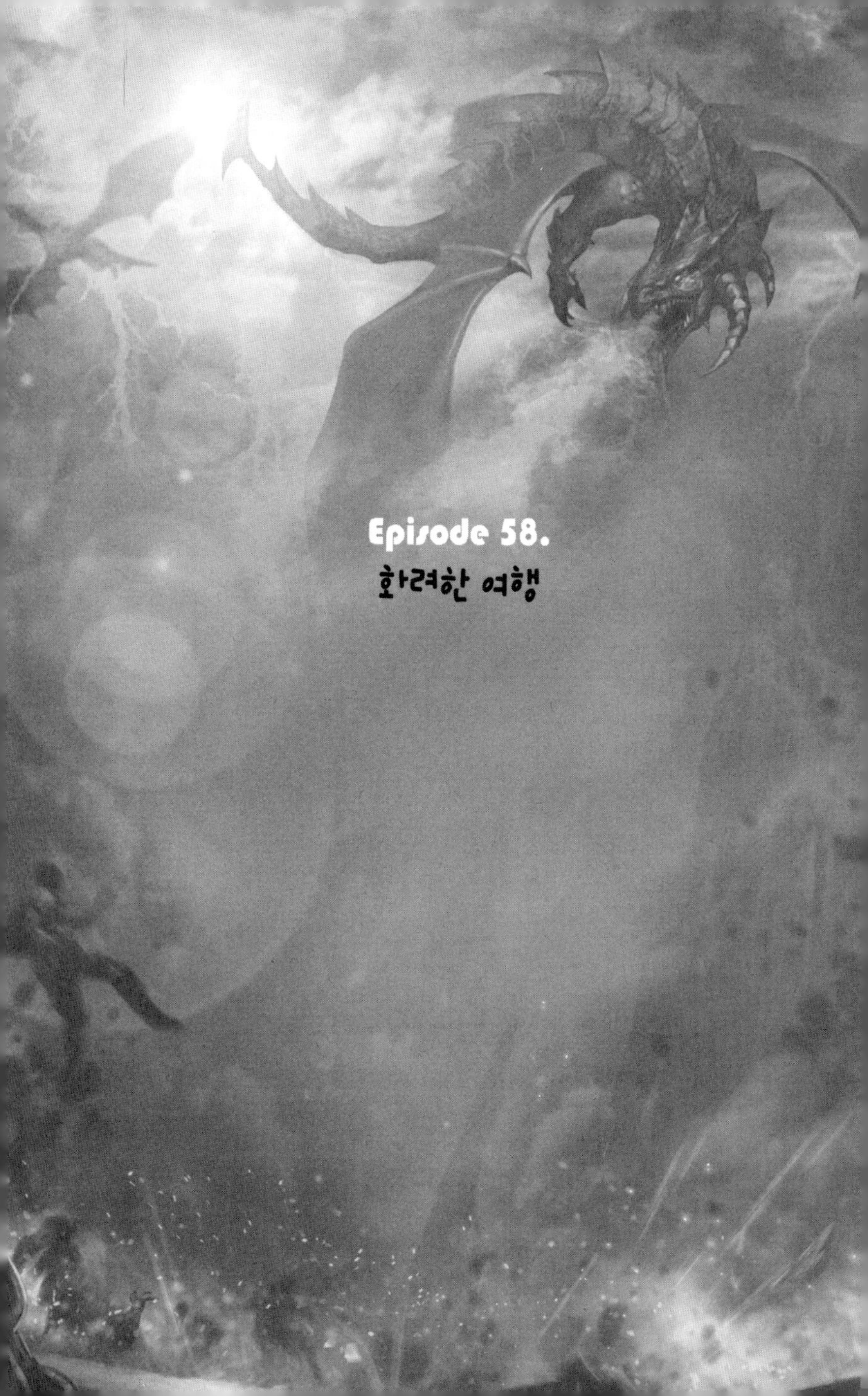

3

하늘 위의 호텔이라는 말이 있다.

표 하나에 수천만 원을 호가하는 좌석. 당연히 한시민을 제외한 셋은 몇 번 타봤다.

"와, 뭐야. 이거. 오빠 이거 진짜 받았다고?"

"……1년 대여하기로 했는데 생각보다 좋은데?"

"이 정도면 그냥 비행기에서 살아도 되겠는데."

하지만 이런 전용기를 타본 적은 없다.

오로지 승객만을 위해 만들어진 전용기. 세계 최고 부자만을 위한 서비스가 갖추어진 비행기다 보니 훨씬 더 편하고 훌륭했다.

"다음부터 이거만 타고 싶어지겠네요."

"설아 씨라면 언제든지 빌려드릴게요."

"정말요?"

"네, 특별 할인가로 모십니다."

한시민 역시 생각했던 것보다 훨씬 훌륭한 비행기에 만족했다.

태어나서 비행기라곤 제주도 갈 때 빼곤 타보지 못했던 촌놈이 하루아침에 전용기를 타니 얼마나 편하겠는가.

침대에 누워 한숨 붙이며 차려주는 기내식을 그릇까지 씹어 먹을 기세로 쓸어 담는다.

거대한 스크린으로 볼 수 있는 영화까지 준비되어 있었지만 아쉽게도 그걸 볼 만한 상황은 없었다. 눈 떠 있을 시간에 수면을 조금이라도 취하는 게 습관이 되어버렸으니까.

놀러 가는 마당에 그럴 필요는 없지만 그래도 더 놀기 위해선 조금이라도 자는 게 좋다. 그건 셋 역시 마찬가지.

푹신한 침대에 누워 다들 눈을 감으며 중얼거렸다.

"캡슐이 있었으면 딱인데."

흔한 게임 폐인들의 아쉬움이었다.

한시민은 켄지에게 대금을 받을 때 어떤 것들을 받고 또 어

떻게 이용하면 되는지에 대한 내용 또한 전해 들었다.

굳이 귀찮게 설명을 들을 필요도 없이 메일을 통해 온 PPT로 아주 깔끔하게 정리가 되어 있었고 그것들을 관리할 사람까지 고용되어 보내주었기에 놀러 오는 데 조금의 불편함도 없을 수 있었다.

에메랄드빛 바다가 펼쳐진 몰디브 해변에 위치한 펜션.

작은 섬에 위치해 사방에 바다고 동시에 쓰레기 하나 없는 깨끗한 모래사장을 거닐 수도 있다.

그곳에서 살아도 될 정도로 예쁜 인테리어가 갖추어져 있고 적어도 수십 명씩 몇 팀이 와도 거주하기 편하게 지어진 만큼 기대가 더 되었었다. 그래서 당당하게 재벌인 스페셜리스트에게도 말할 수 있었고.

"아마 거기서 제일 큰 중앙 방이 제 거일 겁니다."

"기대된다."

이미 전용기를 통해 기대가 높아진 상황임에도 어깨가 움츠러들지 않는 이유.

그렇게 요트를 타고 섬에 도착했고 볼 수 있었다.

스페셜리스트에게는 공개하지 않은, PPT에서만 보았던 그 웅장하고 훌륭한 펜션들을.

"와!"

"어때, 대박이지?"

정말 드라마에서나 나올 법한, 아니, 그보다 더 럭셔리하다.

나중에 가족들 데리고 꼭 한 번 월급을 털어서라도 와보고 싶은 마음이 보자마자 들게 할 정도로.

"멋있다."

"쉴 맛 나겠는데?"

그런 그들에게 관리인이 다가왔다. 한시민이 유창한 한국어로 물었다.

"어디로 가면 돼요?"

대충 생긴 건 봤지만 내부 구조라든가 어디서 생활해야 하는지까지는 보지 않았다. 허세가 아니라, 귀찮아서. 어차피 이렇게 관리인까지 있는 마당에 뭐 하러 귀한 시간 내서 그런 거나 보고 있겠는가.

관리인이 한시민의 당연한 질문에 겸손하게 대답했다.

"이곳 전부가 시민 님 소유입니다."

"……예?"

없는 켄지의 위엄이 괜스레 느껴졌다.

위대한 호구랄까.

잠시 넋을 놓고 있던 한시민이 곧장 달려갔다. 휴가의 시작이었다.

4

대륙의 뿌리 깊은 악 둘이 사라졌다.

하나는 마왕.

비록 천왕이 억울한 누명을 쓰고 마왕의 탈을 쓴 채 쫓겨난 거지만 어찌 됐든 대륙의 사람들 기준에선 마왕이 사라진 셈이나 다름이 없다.

실제 천왕 행세를 하고 있는 에피아 또한 두말할 나위 없이 천왕 행세를 그 누구보다 잘하고 있고.

그렇기에 절대 악은 사라진 셈이다.

흑마법사들이 창궐하고부터 전쟁에서 승리하고 물러나기까지, 또 한시민이 마계로 넘어가고 어느 날 천왕과 마왕을 끌고 대륙에 오기까지 전체 역사에 비하면 결코 길지 않은 시간 동안 벌어진 엄청난 일들의 마무리와 함께 대륙에 천왕의 가호가 내린 것이니 대륙은 축제 분위기나 다름이 없었다.

단지 몇몇 사람만이 또 하나의 절대 악이 사라졌음을 알 수 있었지만.

그것만으로 충분하다.

알 필요도 없을뿐더러 알아서도 안 된다. 그걸 아는 몇 안 되는 사람 중 가장 높은 사람인 황제는 웃음이 끊이지 않았다.

"요즘 그놈이 보이지 않는군. 어디 갔나?"

"예, 폐하. 길드원들과 그들의 세상에 휴가를 떠났다고 합니다."

"호오, 여행이라. 배가 불렀군. 얼마나 간다고 했지?"

"정확한 일정은 말하지 않고 떠났다고 합니다. 하지만 최소 1주일 이상 추정되고 있습니다."

"지금 안 보인 지 3일이 됐나?"

"예, 폐하."

"4일이나 자유의 시간이군. 마왕도 떠난 마당에 그놈까지 안 보이니 속이 다 편하군."

"경축드리옵니다, 폐하."

"남은 잔당 처리에 만전을 기하고 동시에 대륙 전체에 축제를 열라 전하라."

"예, 폐하."

"전쟁 후 찾아오는 평화가 원래 더 위험한 법이지."

두 번째 악인 한시민. 황제에게만일 수도 있지만 어쨌든 개인적으로는 그렇게 생각하는 황제의 기분이 좋아졌다.

황녀야 이미 마왕을 내쫓는 데 그와 함께했다는 사실만으로 행복해하며 하루 종일 기분이 오른 상태라 그녀를 빼고 놀러 갔다는 소식에도 상관없었고, 또 전쟁이 끝난 뒤 무슨 짓을 하며 사고를 칠지 생각하지 않아도 되는 게 얼마나 큰 행복이란 말인가.

이번 사건들은 황제에게 있어 다시 한번 모험가들에 대해 생각하게 만드는 시간이었다.

모험가들이 대륙에 끼치는 영향은 더 이상 작지 않다.

일개 유저 몇 명, 손가락에 꼽히는 한시민 같은 놈들에 의한 일이었지만 언제까지 그러리란 법은 없다.

이제부터라도 모험가를 그냥 대륙에 나타난 미개인 정도로 생각하던 것을 고치고 한 명의 대륙인으로 취급해 주리라. 그게 설령 황제에게 있어선 손해가 되고 신경 써야 할 부분이 더는다고 해도.

상관없다. 그가 해야 할 일은 대륙의 평화를 유지함과 동시에 제국을 명실상부 다른 왕국들이 쳐다볼 수도 없을 만한 절대왕정으로 만드는 것이니까.

그것에 필요한 돈과 시간, 그리고 황제의 생각 변경은 절대 자존심 상하는 일이 아니다. 게다가 다음 황녀를 위한 일이기도 하지 않은가.

"이번에 활약한 모험가들을 초청하라. 모험가들에게도 작위를 내리겠다."

"예, 폐하."

또 자존심이라고 할 것도 없는 게 이미 대륙 최초로 철혈제의 사위가 된 인간이 모험가인데 여기서 뭘 더 버릴 게 있겠나.

안 그래도 오픈 마인드였던 황제가 한층 더 자유로워졌다.

내가 없어도 세상은 잘 돌아간다.

한시민은 당부에 당부를 더하고 떠났지만 사실상 그가 있으나 없으나 리치 영지와 갓 오픈한 리치 카지노는 잘만 돈을 끌어모았다.

애당초 한시민의 쓰임새는 유저들에게 홍보하는 것과 무한히 자본을 대주고 또 황제의 배경을 이용해 영지의 안전을 유지하는 것뿐이니 당연한 말.

물론 엄밀히 따지고 보면 그런 것들이 가장 중요하긴 하지만 무엇보다 관리를 잘하는 보좌관은 그것들을 베이스로 깔아두고 장사에 박차를 가했다.

"대륙을 구한 영웅께서 지은 카지노! 확률이 다른 카지노보다 높고 따 가시는 분도 많습니다!"

물 들어올 때 노 젓고, 배에 구멍이 나도 노를 저으며, 바닷물이 몰려와도 모터를 달고 돌릴 인간이다.

첫 만남부터 한시민과 케미가 맞아 서로 손을 잡고 여기까지 온 마당에 보좌관이 망설일 이유가 무엇 있겠는가.

노이즈 마케팅도 마다치 않을 인물인데 영주가 아주 대륙의 인기 스타가 되어버렸다.

비록 다 내팽개치고 여행을 떠났다지만 보좌관은 너무 기뻤다.

"대륙 반대편까지 홍보 확대하세요. 마족을 쫓은 영웅의 카지노, 행운을 시험하러 오세요. 같은 문구 팍팍 넣으시고 이벤트도 흑자 생각하지 말고 넣으세요."

막말로 영주가 없다 생각하고 운영해 온 영지다. 고마움과 존경은 여전히 가슴팍 한편에 가득하지만 이럴 때조차도 영지의 발전을 위해 달리는 보좌관의 행동력은 대단했다.

그뿐만이 아니다.

"혜기 님, 잘 부탁드립니다."

"응, 걱정 마. 아빠가 아저씨 잘 돕고 있으랬어."

빼액이까지 동원되었다.

완벽하게 천왕 행세를 하며 대신전에서 빼액이와 의외로 잘 놀고 있는 에피아까지 나서 성지순례를 시작한다.

당연히 수많은 유저와 사제, 신도들이 따르고 순례하면서 얼굴을 보고 반한 사람들은 신의 이름을 외치며 따라붙는다.

대륙에 이미 유명한 성지들을 다니며 대충 신께 인사하는 척하다 도착하는 곳은 리치 카지노!

따라온 사람들의 돈을 쏙 빼먹고 또 리치 영지로 향해 숙소를 소개해 준다.

전형적인 동남아시아 여행 루트!

그렇게 뽑아 먹는 돈은 상상 이상이었다. 대륙 스케일의 한시민의 영향력은 엄청났으니까.

더 상세히 따지고 보면 빼액이와 에피아라고 지칭할 수 있겠지만.

모이는 돈으로 보좌관이 또 하나의 꿈을 꾸었다.

"대륙은 현재 역대급으로 평화의 시대를 맞은 상황. 영주님은 대륙의 영웅으로 초대되었고 더 이상 리치 영지는 일개 영지만으로 남지 않을 겁니다. 곧 영주님만의 왕국이 설립될 텐데 리치 영지만으론 그분의 이름에 먹칠이 될 수 있으니 더 확장해야겠습니다."

한시민을 핑계로 리치 영지가 더 크길 바라는 마음!

보좌관이 그동안 한시민에게 한 푼도 안 보내고 쌓아뒀던 돈을 풀기 시작했다.

목표는 리치 영지와 리치 카지노 사이에 위치한 영지들.

거대한 시민 왕조의 바람이 불기 시작했다.

잔잔한 바다, 살랑거리는 바람.

발목 깊이까지밖에 오지 않는 투명한 물이 가느다란 발목에 부딪히는 소리마저 청아한 섬.

별들이 쏟아질 듯 수놓아져 있으니 자연스럽게 분위기는 좋을 수밖에 없다.

"진짜 좋다."

"판월 시작하고 이렇게 쉰 적이 있었나 싶다."

"고마워요, 시민 씨."

"그런데 왠지 여기서 몬스터 나올 거 같은 건 나만의 기분 탓일까."

"사실 나도 생각하고 있었긴 한데."

"수중 몬스터? 네임드로 나오면 재미있겠다."

"야, 야. 여행까지 와서 조용히들 해라."

판타스틱 월드 폐인들답게 캡슐이 없는 곳에서도 게임 얘기만 하는 게 살짝 분위기를 깨는 요소긴 했지만 그게 넷에게 있어 큰 문제가 되지는 않았다.

어찌 됐든 기다란 다리가 드러나는 비키니에 얇은 저지만 걸친 채 해변을 거니는 정설아와 강예슬은 다른 사람들이 없다는 게 안심될 정도로 예뻤으니까.

정현수 역시 탄탄한 근육이 드러나는 얇은 반소매와 반바지를 입었지만 그건 한시민에게 전혀 관심 밖의 이야기였고.

달달한 분위기.

새삼 돈을 많이 벌었다는 게 다시 한번 실감된다.

제아무리 통장에 잔고가 수백억이 쌓이고 건물도 몇 채씩 있는 데다가 이번에 또 엄청난 자산을 보유하게 됐다지만 막상 게임 하느라 바빠 큰 감흥이 없었는데 이렇게 전용기까지 타고 외딴 섬에 있는 휴양지에서 유유자적 미녀들과 함께 쉬는 삶이라니.

군대에서 야간 근무 서면서 꿈에나 상상하던 그림이지 않은가.

뿌듯했다. 동시에 힐링이 되었다.

그건 곧 한시민에게 또 다른 다짐이었다.

"더 열심히 벌어야지."

"……그게 왜 그렇게 돼?"

다짐하는 한시민을 보며 강예슬이 슬쩍 팔짱을 꼈다.

5

운치 좋은 바에서 강예슬과 정설아가 술잔을 기울이고 있었다.

여자들만의 자리. 남자 둘은 저 멀리 준비되어 있는 간이 캡슐로 슈팅 게임을 즐기고 있었다.

"언니, 후회 안 해?"

"뭘?"

게임에서는 하지 못했던, 혹은 쌓아두었던 말들을 하는 시간. 게다가 강예슬이나 정설아 둘 다 속마음을 감추는 성격도 아니고.

예전엔 종종 갖곤 했었는데 판타스틱 월드를 시작하면서, 한시민을 만나고부터는 그런 시간을 가질 만한 시간조차 없었다.

게임을 하면서 사람마다 갖고 있는 생각이 다 다르고 또 정설아가 리더로서 이끄는 입장에서 생기는 불만 같은 걸 토로하고 푸는 시간은 꼭 필요했기에 정설아도 강예슬의 질문에 곰곰이 생각에 빠졌다.

늘 발랄하던 강예슬이 이렇게 진지하게 말할 때면 언제나 큰 건이었다. 특히 이토록 심각한 표정은 그녀를 알고 지내면서 세 손가락 안에 꼽을 정도로 보기 힘들다. 그렇기에 절로 긴장이 되었다.

맨 처음의 상황에선 게임을 하기 싫다고, 너무 힘들다고 그만하고 싶다고 눈물을 흘리며 투정을 부렸었고, 또 한 번은 진짜 심한 감정의 골이 파인 유저와 무한 PK를 하기로 결정한 걸 억지로 하지 못하게 해 길드를 탈퇴하겠노라 선언했었다.

그 정도의 일들이 있을 때나 큰 다짐을 한 채 말을 꺼낼 때의 표정이다.

어찌 긴장이 안 되겠는가.

귀를 기울인다.

이번엔 또 무슨 일일까.

터질 때가 되긴 했지. 수없이 많은 일이 벌어졌던 판타스틱 월드였는데.

물론 그녀의 입장에서는 다른 게임들보다 훨씬 마찰이 적었고 한시민이란 존재의 유입으로 인해 더 재미있었으며 딱히 심각한 생각을 할 정도의 일은 벌어지지 않았다고 생각하고 있지만 그건 그녀만의 생각일 수도 있다.

차분히 기다렸다. 그런 기다림에 강예슬이 숨을 한 번 들이켜고 말을 꺼냈다.

"시민 오빠, 잡으려면 잡을 수 있었잖아."

"……엥?"

기다림 끝에 나온 말은 전혀 예상치도 못했던 것이었다. 정설아의 시선이 자연스럽게 떨어진 소파에 간이 캡슐을 착용한 채 정현수와 나란히 앉아 있는 한시민에게 향했다.

그리고 잠깐의 생각 끝에 강예슬이 내뱉은 말이 무슨 뜻인지 이해했다.

"풉."

동시에 웃음이 터져 나왔다. 여전히 진지한 눈빛으로 그녀를 뚫어져라 보고 있는 강예슬의 앞머리를 헝클었다.

"뭐야? 진짜 시민 씨가 마음에 들었나 보네? 천하의 강예슬이 이렇게 진지하게 관심을 보이고?"

"아니, 너무 매력 있잖아."

뜬금없는 말이고 강예슬답지 않은 말이었지만 정설아는 고개를 끄덕일 수밖에 없었다.

거의 랜(LAN)선 인연이라고 불러도 이상하지 않을 관계고 실제로 만나봤다지만 게임에서만큼 그를 알아볼 시간은 없었다.

그럼에도 장난을 반 정도 섞어 내뱉던 강예슬의 말들은 이제는 거의 진심에 가까워져 있었다.

재벌이고 뭐고를 떠나 한 명의 사람으로 봤을 때 둘의 취향을 저격했달까.

어떻게 보면 그냥 돈만 밝히는 돈벌레에 수단과 방법을 가리지 않는 쓰레기로 보일 수도 있지만, 곁에서 본 바에 의하면 그런 느낌보단 그저 주어진 조건에서 어떻게든 긍정적으로 나아가기 위해 노력하는 멋진 남자로밖에 보이지 않는다.

반쯤 콩깍지가 씌었고 둘 또한 한통속이 되었기에 가능한 생각일 수도 있겠지만.

어쨌든 정설아가 강예슬의 질문에 대답해 주었다.

"마음에 들지. 내가 다가가서 내 남자로 만들어 보고 싶을 정도로."

"그런데 왜? 도장 찍을 기회는 많았잖아."

당사자가 들으면 심장이 벌렁거릴 대화들이 아무렇지도 않게 오간다. 낯부끄러울 수도 있지만 당당하게. 자신들의 마음이니까.

서로에겐 말하지 못했던 것들이나 지금만큼은 술기운과 분위기를 빌려 묻는다.

말을 꺼내니 정설아 역시 조금은 감정이 들끓었다.

확실히 한시민을 만나고 꽤 재미있었다. 재벌임에도 불구하고 게임이라는 컨텐츠에 도전하는 그녀와 어울리는 남자는 주변 비슷한 재벌들만 가득한 환경에서 찾아보기 어려웠었고, 또 어떻게든 그녀의 위치를 보고 따라오려던 남자들은 인생을 바칠 기세로 게임 하는 그녀에게 쉽게 맞추기 힘들었으니까.

그런 상황에서 그녀보다 더 독하게, 그리고 독특하게 게임하는 남자는 흥미로울 수밖에 없었다.

게임 내적인 부분을 제외하고 하자가 있는 부분도 없었고, 한시민 역시 그녀의 외모를 보고든 뭐든 호감을 보였었고.

이 남자와 연애를 한다면 어떨까 하는 생각을 한 순간 더 따질 게 없긴 했다. 이것저것 재지 않고 연애해도 될 나이였으니까.

하지만 그녀가 먼저 나서지 않았던 이유는 하나다.

"할아버지가 이제 남자 만나면 바로 결혼시키겠다고 했거든."

"……."

"예전에 게임 하겠다고 반항 좀 했었잖아."

인생은 그녀의 것이 맞다. 하지만 여기까지 자라오며 누렸던 것들은 모두 부모님이 해주신 것 또한 맞고 조금이나마 더 어렸을 적 했던 행동들은 그녀가 책임져야 할 부분들이다.

그녀의 부모님은 그녀에게 충분히 강요해도 될 만한 것들을 포기해 주셨고 약속 하나를 했을 뿐이다.

"후회 안 해?"

"후회는. 난 아직 포기했다고 말한 적 없는데? 지금이라도 시민 씨가 괜찮다고 하면 결혼도 상관없어. 게임 잘하고 같이 즐기는 남편이면 나야 좋지."

"……칫, 너무 반칙으로 이기는 느낌인데."

말하면서도 강예슬의 표정엔 미안함이 가득했다. 동시에 시선은 한시민에게 향했다.

그녀의 감정이 진짜가 되고 있는 상황에서 언젠가는 풀고 가야 했던 문제다. 바보가 아닌 이상 바로 옆에서 오랜 시간 함께했는데 둘이 서로에게 호감이 있던 것을 눈치채지 못했을 리가 없으니까.

그러면서도 정설아에게 미안하다는 말은 하지 않았다.

뺏는 것도 아니고 아직 가진 것도 아니다. 당장 정설아만 봐도 한시민의 취향이 강예슬과 정설아 중 어느 쪽인지는 말할 필요도 없다.

그렇게 적극적으로 대시해도 적당히 받아치는 게 어지간해선 쉽지 않을 것이다.

강예슬의 표정이 한껏 더 진지해졌다.

은은한 조명을 받는 그녀의 얼굴은 그럼에도 예뻤다.

어찌 됐든 한 다리는 건넜다. 남은 건 그녀가 한시민을 낚아 올릴 수 있느냐의 문제다.

모든 걸 다 가진 여자의 고민치고는 상당히 복잡하고 어려운 문제.

답답한 표정으로 세상모르고 웃으면서 게임을 하고 있는 한시민을 보았다.

"저렇게 속 편하게 사는 남자가 뭐가 좋다고……."

"대체 둘은 뭐 하는데 저렇게 오래 할까?"

강예슬과 정설아가 둘의 실시간 슈팅 게임 영상을 TV를 통해 송출했다.

간이 캡슐은 머리에 쓰는 헬멧으로 착용자의 뇌파를 이용해 가상현실을 체험하게 해준다.

캡슐에 누워 플레이하는 게 아니기에 직접 몸을 써야 한다는 단점이 존재하고 현재 한시민과 정현수가 플레이하는 게임은 그런 점을 방지하고자 예전 오락실에 비치되어 있던 총 게임처럼 화면만 넘어가며 사격만 가능한 종류의 게임이었다.

사격 실력을 겨루는 게임.

서로에게 총을 겨누면 더 재미있겠지만 그렇게 된다면 피해야 하니 얌전하게 소파에 앉아 플레이할 수는 없었겠지.

어쨌든 슈팅은 처음엔 재미였다. 남자의 자존심이고 뭐고 그냥 술 한잔해서 취기도 올랐겠다, 군대 시절 좀 떠올려 볼까 하면서 쏘니 재미있었다.

하지만 둘 다 게임에 관해서라면 현실보다 더 자부심을 느끼는 사람들. 주 종목은 RPG지만 이런 게임에서도 서로를 의식할 수밖에 없었고 어느 순간 자연스럽게 점수 경쟁으로 넘어갔다.

거기서 승자는 정현수였다.

"혹시 행정병?"

"……형님, 안 봐줍니다."

"풉."

"내기?"

"콜."

그러다 보니 또 빠질 수 없는 내기가 끼게 되었고 그 내기의 종목은 굳이 고민하지 않아도 돈으로 향했다.

"이기는 사람한테 100만 원 빵."

"요즘 돈 좀 벌었다고 기부 정신이 생겼나 보네?"

"형님 여기서 수영해서 한국까지 돌아가게 해드리죠."

그리고 결과는 두 여자가 대화를 마치고 본 한시민의 표정 그대로였다.

"……."

"잘 먹겠습니다."

5전 5승.

돈 내기가 걸리면 귀신같이 이기는 한시민이 머리에 쓴 헬멧을 벗고 승리의 기쁨을 즐겼다. 그러고는 인심을 팍팍 썼다.

"오늘 술값, 내가 쏜다!"

켄지 돈이 내 돈임을 외치는 한시민이 잔뜩 인상을 찌푸린 채 헬멧을 벗는 정현수를 보며 냅다 자리에서 일어났다.

"아, 해변 산책이나 가야지."

"야! 한 판 더 해! 천만 원 빵. 레슬링 하자."

"싫어요. 쥐어 터질 일 있나. 천만 원 주고 하자 해도 안 해요."

뛰쳐나가는 한시민의 뒤를 냅다 강예슬이 따랐다.

졸랑졸랑 뒤를 따르는 강예슬을 보며 정현수가 고개를 갸웃한다.

"쟤네 언제 저런 사이가 됐대?"

"예슬이야 항상 저랬잖아."

"진심인 줄은 몰랐는데."

"왜? 아쉬워?"

"아쉽긴. 오빠 섭섭하다."

"여행 오길 잘한 거 같아. 우리끼리 이렇게 노는 것도 진짜 오랜만이고."

"그러게. 빌어먹을 놈, 날 낚았어."

"내가 보기엔 그냥 시민 씨는 돈 걸리면 나도 이길 거 같은데?"

"괴물."

강예슬과도 그렇지만 남매끼리도 이렇게 대화한 적이 언제인가 싶을 정도로 오랜만이다. 그렇다고 서먹서먹한 건 아니지만 여행이란 게 이토록 중요하다는 걸 새삼 느낀다.

"오빠는 언제 그룹으로 들어가게?"

"조만간, 이 게임 마무리만 짓고 가야지."

"미안해."

"미안하긴. 내가 좋아서 하는 일이고 내가 해야 할 일이기도 한데. 오빠가 설아 네게 강요되는 일들은 다 막아줄 테니 넌 하고 싶은 거 하면서 살아."

"고마워."

하루 종일 게임 속에서 붙어 있어도 이런 이야기를 언제 또 하겠는가.

요즘 좀 뜸하던 정현수의 동생을 위하는 마음이 다시 도졌지만 정설아에겐 확실히 고마울 수밖에 없다.

동시에 아쉽다.

이 게임을 마지막으로 스페셜리스트는 깨질 수밖에 없구나.

정현수는 가끔씩은 들어오겠지만 지금처럼 함께 플레이 스타일을 맞춰 나갈 수는 없을 테니까.

그 자리를 한시민이 대신할 테니 달라질 건 없겠지만 그래도 아쉽다.

동시에 유종의 미를 거두고자 하는 마음이 생긴다.

마지막까지 잘 해보자.

이미 훌륭하리만치 잘하고 있지만 결국 모든 게임은 최후의 승자가 모든 걸 가져가는 법이니까.

"앞으로는 어떻게 될까."

게다가 메인 스토리는 이제 더 이상 예측이라는 게 불가능해졌다. 지금까지는 뻔하디뻔한 판타지 소설에 나올 법한 스토리였다면 한시민에 의해 완전히 헝클어져 버렸으니까.

그렇기에 더 설렌다.

"시민 씨랑 예슬이 오면 얘기해 보자."

"그래."

그 열정.

결국 스페셜리스트의 여행은 판타스틱 월드에 관한 얘기로 마무리 짓게 되었다.

6

해변을 거니는 한시민의 옆에 어느새 따라온 강예슬이 나란히 걸음을 맞췄다. 이렇게 보니 제법 잘 어울리는 한 쌍의 커플을 보는 것만 같다.

은은한 별빛에 비치는 늘씬한 다리와 검정 비키니가 훤히 비치고 군살 하나 없는 강예슬의 모습은 거기에 부러움마저 옵션으로 얹을 정도고.

정설아에 비하면 조금 묻히는 감이 없잖아 있었지만 객관적으로 보면 강예슬 또한 절대 어디 가서 무시당할 외모와 몸매는 아니다.

다만 성숙함과 귀여움의 차이겠지.

그것 또한 이렇게 따로 보면 그게 무슨 의미가 있을까 싶을 정도로 강예슬 또한 완숙미를 뽐내고 있었고.

한시민 또한 그에 비할 바는 아니지만 봐줄 만은 하다.

남자가 돈이 빌어먹게 많다 싶을 정도의 차이긴 하지만 남이 보기에야 어찌 됐든 둘의 사이에는 갑과 을이 바뀐 상황이니 상관도 없었고.

"경치 진짜 좋다. 바람도 선선하고. 그치?"

“그러네. 하, 진짜 출세했네. 1년 반 전만 해도 몰디브는커녕 제주도 앞바다도 언제 한 번 가 볼까 꿈꾸었었는데. 전용기에 전용 섬에 예쁜 여자하고 단둘이 해변도 걷고.”

“예쁜 여자?”

“설아 씨면 더 좋았겠지만 말이지.”

“칫.”

게다가 아주 능숙하게 밀당까지 한다.

노리고 한 건 아니지만 강예슬은 입술을 삐죽 내민 채 한시민의 등을 쳤다. 평소처럼 별생각 없이, 있는 힘을 다해.

작은 고사리 손바닥이 한시민의 등을 강타하자 방심하던 한시민은 그대로 앞으로 고꾸라질 뻔했다.

“억!”

“어머.”

강예슬도 별생각 없이 쳤고 한시민 또한 아무 생각 없이 등으로 날아오는 손바닥을 맞이할 준비를 하고 있었다.

기껏 이런 꼬맹이가 때리는 손바닥 따위가 얼마나 아프겠느냐 생각이 깔려 있어서가 아니다. 못 봤기 때문도 아니고.

어디까지나 판타스틱 월드의 부작용이다. 뻔하고 매번 반복되는 패턴이었다. 한시민이 놀리고 강예슬은 부들거리면서 손바닥으로 한시민을 치며 불만을 토로하는.

말하자면 애교랄까.

이번에도 마찬가지였다. 자연스럽고 편한 일상이다.

거기까진 아주 좋았다. 다만 여기가 게임 속이 아닌 현실이라는 걸 잠시 망각한 것뿐.

등을 때리는 게 모든 스텟을 마력에 투자한 힐러가 아니고, 등을 맞는 게 스텟이 1차 각성을 달성한 시민 캐릭터가 아니다.

그 결과 생각지도 못했던 대미지가 들어왔고 그대로 모래사장에 코를 박을 뻔한 상황이 만들어졌다.

“……”

“……”

어색한 침묵이 흘렀다.

아무렇지 않게 다시 걷기 시작한 한시민이 의심 가득한 눈빛으로 강예슬을 쳐다봤다.

“혹시 게임 하기 전에 배구 선수?”

“오빠!”

매를 또 한 번 벌었다. 물론 그 매운 손바닥을 다시 맞긴 싫은 한시민이 얼른 날아오는 팔을 잡고 그대로 어깨동무를 했다.

연인 간의 달콤한 어깨동무라기보단 헤드락에 가까운, 하지만 힘은 그렇게 들어가지 않은 친근함이 섞인 스킨십.

“안 되겠어. 쪼그만 게 손만 맵네.”

“……”

강예슬의 볼이 발그레해졌다.

이게 뭐라고 심장이 뛰나.

들키지 않기 위해 고개를 푹 숙였다. 새삼 들이대 놓고 부끄러울 것도 없지만 그녀도 결국 여자다.

분위기가 순간 어색해졌다. 장난에 돌아오는 반응이 부끄러움이니 그럴 수밖에.

한시민도 바보가 아닌 이상 눈치챌 수밖에 없다. 하지만 그는 당황하지 않고 그대로 어깨를 감싼 채 걸음을 뗐다.

"뭐야, 진심이었냐?"

"……흥, 몰라."

어깨에 손은 떼지 않은 채 고개를 반대편으로 돌리는 강예슬.

저도 모르게 웃음이 난다.

그냥 귀여운 동생 정도로만 생각했더라도 이런 분위기에 이런 야경에 이런 해변을 단둘이 거닐며 붙어 있으면 다른 감정이 생길 텐데 한시민은 그것도 아니지 않은가.

그는 언제나 개방되어 있는 남자다.

아무 여자나 만나는 건 아니지만 오는 여자에게, 그것도 마다할 필요가 없는 여자는 더더욱 밀어낼 필요가 없다.

게임에서야 워낙 많은 여자와 얽혀 있고 게임에 집중하느라 웃으며 넘겼지만 여긴 현실이다.

그의 나이도 스물여섯이고 이제.

딱히 찾아서 연애하고 싶은 마음은 없었지만 다가오는 인연을 밀어낼 생각도 없었다. 게다가 한창 들이대는 강예슬에게 흔들리지 않았다는 것도 거짓말일 테고.

다만 확인할 기회가 없었을 뿐이다. 그게 장난인지 진심인지.

대답을 거부하는 강예슬이 귀여워 어깨의 손으로 머리를 쓰다듬었다.

"진짜 왜 다들 다른 나라에 여자랑 가려는지 알겠네. 괜히 귀엽냐."

"아, 진짜. 그러지 마. 나 정말 빠지면 집착 쩐다고."

"그럼 안 되지."

그러다 이내 다시 본연의 그녀의 모습으로 돌아와 냅다 허리를 안아버리는 당돌함에 한 발자국 뒤로 물러났다.

그러곤 물었다.

"넌 내가 뭐가 그렇게 좋아? 돈이야 요즘 생긴 거고 그렇다고 잘생긴 것도 아냐, 성격이 좋지도 않고 하루 종일 게임만 하는 폐인인데."

그냥 궁금했다. 진심으로.

아마 판타스틱 월드였으면 이런 질문도 하지 않았을 것이다. 시민에 동화되어 게임을 플레이했었다면 충분히 이런 반응을 이해했을 테니까.

적어도 판타스틱 월드에서 시민은 자신의 일에 충실하고 세상을 뒤바꿀 만큼의 영향력을 갖고 있을 뿐 아니라 돈 또한 엄청나게 잘 벌고 남들이 가지지 못한 재능 또한 가지고 있으니까.

하지만 현실은 아니다.

돈이야 그렇다 쳐도 강예슬에게 남자의 재력이 그녀에게 호감이라는 감정을 만들게 하는 요소는 아닐 것이다.

어찌 됐든 연애를 하게 되면 게임보단 현실에서 더 보고 싶어지는 게 사람인데 그런 면에서 한시민은 상당히 하자가 많은 남자가 아니던가. 게임상에선 부인을 둘이나 둔 셈이고, 심지어 딸까지 있다.

그런데도 좋을 이유가 뭐가 있을까.

단지 그 이유뿐이었다. 단순하게.

강예슬도 고민 없이 단순하게 대답해 주었다.

"그냥, 좋아. 처음엔 놀리는 맛이 있어서 장난쳤었는데 그냥 좋아졌어."

"……."

할 말이 없어지는 대답이지만 동시에 가장 솔직한 대답이기도 하다.

별다른 이유가 필요한 것도 아니지 않은가.

결혼할 것도 아니고 그냥 호감이 생겨 그것을 표현하는 걸 20대에 망설일 이유가 없다.

한시민이 고개를 끄덕였다.

“그래.”

“그래?”

“어, 잘 알겠어.”

“……그게 다야?”

“뭐, 그럼 냅다 사귀자고 하기라도 바랐냐.”

“아니, 그런 건 아닌데…….”

뭔가 좀 시시하잖아. 이런 분위기에 이렇게 직접적으로 말까지 했는데.

또 한 번 입술이 삐죽 나온다. 한시민은 그걸 그대로 잡았다.

“일단 메인 퀘스트 다 끝나고 만나보면서 생각 좀 해보자. 나도 내가 지금 연애를 할 수 있을지 모르겠으니까.”

“피.”

뭔가 제삼자가 만약 보고 있었다면 한시민이 켄지쯤 되는 부자가 아닐까 하는 생각이 들 정도로 튕기는 모습이라고 볼 수밖에 없는 상황이다.

하지만 한시민은 그런 거에 개의치 않았다. 애당초 남의 시선 따위는 신경도 쓰지 않는 인간이다. 진심으로 만약 이대로 나쁘지 않은 감정을 받아들인다고 해도 과연 그가 여기까지 달려온 원동력인 돈을 포기할 수 있을까.

냉정하게 생각해 보았을 때 아니었다. 기껏해야 지금처럼 게임에서 만나는 게 다일 테고 또 대부분은 강화하겠노라 대륙을 돌아다니면 볼 시간도 얼마 없을 수도 있다.

거기에 에피아니 황녀니 수많은 여자도 얽혀 있다. 문제가 생기지 않으려 해도 않을 수가 없는 법. 여유가 생길 때 생각하고 싶었다.

어찌 보면 배가 부른 셈이다.

"내가 이래 봬도 배우한테도 대시 받은 여잔데. 너무 어렵다."

"아무리 그래도 뻥은 치지 말자."

"진짜야!"

"예예, 그러시겠죠."

"씨, 그럼 돌아가서 데이트라도 해. 아주 비싼 척이라고는 다 해놓고 이것도 안 해주면 진짜 힐도 안 줄 거야."

"그냥 하면 재미없고 내기할까?"

"……."

"나 잡으면 원하는 대로 하루 내줄게, 언제든. 대신 못 잡으면 100만 원."

"……참나!"

참 변함없다.

그런 면에 호감을 느꼈던 것이기에 어이없어하면서도 고개를 끄덕였다.

이전에 장난만 치던 한시민에 비하면 지금은 거의 알콩달콩 수준이라고 봐도 무방하다.

괜스레 켄지에게 고마움을 느꼈다. 여기 와서 괜히 감정이 복받치는 건 강예슬보다 한시민인가 보다.

이 정도까지 진도가 나갔는데 그 정도쯤이야. 자신도 있었고.

"그럼 간다?"

"진심으로 잡아도 돼?"

"풉, 내가 인마. 하루 종일 게임만 해도 기본이 있지. 너 같은 꼬맹이한테 잡히진 않는다."

"진짜 그러다 잡히면 죽어, 오빠. 내일 하루 진짜 내 남친 되는 거다?"

"잡으면."

냅다 달리는 한시민을 보며 강예슬은 당황하지 않았다.

그녀는 그대로 신발을 고이 벗었다. 작고 아담한 발이 부드러운 모래에 맞닿는다. 그와 함께 곧장 달렸다.

진심 어린 전력 질주. 둘만 빼고 모든 게 로맨틱한 야밤의 질주.

승자는 강예슬이었다.

"……."

"오빠, 나 육상부였어."

뒷덜미를 잡힌 한시민은 말이 없었다.

7

판타스틱 월드 방송은 제4의 지상파라 불릴 정도로 성장했다.

틀면 시청률이 10%를 찍는 건 일도 아니었으며 물론 흥미를 끌 만한 소재로 만들어야 했지만 현실에서는 존재할 수 없는 세상의 일들을 편집해 시청률을 올리는 건 평생을 방송에만 종사한 PD들에게 있어 그리 어려운 일은 아니었다.

하지만 그것도 하루 이틀, 판타스틱 월드가 오픈한 지 1년을 넘어 1년 반이 되어가고 있는 시점에서 아무 콘텐츠나 던져 사람들의 시선을 끄는 시대는 갔다.

판타스틱 월드 방송도 경쟁이 되었다. 초창기 자신의 방송을 홍보하기 위해 방송사에 적극적이던 PJ들은 이제 자신들의 자리를 잡아 개인 방송을 하는 걸 선호했다.

그들은 방송사에 아무런 대가 없이 자신의 영상을 올리는 것을 허락지 않았으며, 또 우후죽순으로 늘어나는 게임 채널들, 해외 채널들과의 경쟁까지 심화되어 여기도 무한 경쟁 사회가 되었다.

그런 와중에도 예전부터 돈독하게 한국의 게임 방송 원탑으로 자리 잡아왔던 UGN 채널은 꾸준히 자리를 지켰다.

그 원동력은 역시 시대에 순응하는 것, 그리고 압도적인 자본.

콘텐츠와 방송을 만드는 데 돈을 아끼지 않는다. 섭외가 필요하다면 역시 섭섭지 않을 만큼 준다.

그런 UGN이 이번에 대형 콘텐츠를 기획했다.

“이럴 때 번외 식으로 랭커들 초대해서 공정하게 즐길 수 있는 경쟁을 하는 거지.”

참신한 기획이었다.

게임 내적으로는 서로 경계하고 또 워낙 대륙이 넓다 보니 마주칠 일도 잘 없는 유명한 게이머들을 따로 서버를 만들어 한자리에 모아놓고 진행하는 방송이라.

딱 봐도 성공할 수밖에 없다.

모티브는 아이돌들을 모아놓고 체육 대회를 하는 프로그램이었다. 각종 유명 PJ들부터 시작해 영향력 있는 랭커들에게 연락이 들어갔다.

출연료는 정말 아쉽지 않게 빵빵했다. 그리고 그 쪽지는 한시민에게도 전해졌다.

술자리를 마치고 잠자리에 드는 상황에서도 스페셜리스트에겐 주어진 선택지가 굉장히 많았다.

"어디서 자야 아침에 해가 뜨는 걸 볼 수 있을까."

"동쪽에서 해가 뜨니까 그쪽 방향으로 되어 있는 데 아무 데나 가서 자라."

넓은 섬, 사방이 트인 경치, 그리고 여유 있는 숙소.

각각의 집들이 손님을 받아도 이상하지 않을 정도로 깔끔하고 훌륭하다.

해서 오히려 고민이었다.

원래 여행이란 것은 다 같이 옹기종기 모여 술판을 깔기도 하고 그러다가 그대로 엎어져 자는 맛이 있어야 하는 법인데, 이건 뭐 그냥 한 사람당 숙소 하나를 가져다가 써도 흘러넘칠 만큼 커다란 펜션이었으니까.

자연스럽게 파가 나뉘었다.

"저 음흉한 자식이랑 한 방에서 잔다고? 말도 안 되는 소리. 다 따로 써. 설아는 내가 지킨다."

"……오빠, 오버하지 마. 그냥 큰 방 있다고 하셨으니 거기 이불 깔고 자는 건 어때요?"

이왕 여행 온 거 마무리까지 친목회의 분위기를 내자는 정설아와 아주 의심스럽고 못 미더운 눈빛으로 한시민을 보며 결사반대하는 정현수.

그럴 수밖에 없는 게 이미 다들 취기가 오른 상태다.

게다가 여긴 다른 사람 시선 신경 쓸 필요도 없는 무인도!

숙소를 관리하는 사람들이 있지만 그들 또한 자러 갈 테고 숙소에 사람이라곤 스페셜리스트일 뿐일 텐데 한시민과 한 방이라니!

다 같이 모여서 자면 설마 그러겠느냐 생각이 들지만 그의 여동생인 정설아 또한 한시민에게 그렇게 나쁜 감정만은 아니라는 걸 알기에 절대 막아야만 했다.

그녀의 인생에 남자 문제까지 개입할 생각까진 없지만 적어도 그의 눈앞이 아니던가.

평범한 남매라도 안 될 마당에 그는 여동생을 매우 아낀다. 어디에서나 볼 법한 두 분류. 거기에 더해지는 신생파.

"그냥 둘둘 나눠 자자. 해외 나왔는데 우리 마인드도 서양식으로 가야지. 현수 오빠가 걱정 많이 하니까 설아 언니랑 현수 오빠랑 자고 나는 시민 오빠랑 잘게."

"……."

몰디브에서 서양식을 찾는 강예슬의 속 보이는 발언.

한시민이 혀를 찼다.

"너 진짜 그러다 인생 망하면 어떻게 하려고 그래."

"오빠 정도면 망하거나 대박이거나 둘 중 하나 아니겠어?"

"……."

역시 얘도 정상은 아니야.

아까 그렇게 진지한 이야기를 해놓고도 페이스를 잃지 않는 초심에 박수를 쳐 주고 홀로 숙소를 찾아 들어갔다.

방문을 잠그는 것도 잊지 않았다.

판타스틱 월드였다면 고자 코스프레를 하지 않았을 것이다. 하지만 현실의 한시민은 언제나 신중해야 했다.

"쳇, 오늘은 봐준다. 내일 보자."

그렇게 사소한 잠자리 해프닝이 지나갔다.

한국으로 돌아가기 전날.

거의 반쯤 몰디브 현지인이 된 스페셜리스트는 쇼핑을 위해 섬을 나섰다.

단 하루도 빠지지 않고 알차게 술을 퍼마시며 캡슐이라곤 생각하지 않은 채 놀았기에 너무나도 뻔한 쇼핑 루트에도 별다른 거부감이 없었다.

여기까지 왔는데 그래도 예의상 쇼핑 정도는 해줘야지.

"꼭 가야 하냐. 그냥 여기서 술 먹는 게 훨씬 좋아 보이는데."

"안 돼. 무조건 오늘 갈 거야."

사실 어디까지나 강예슬의 적극적인 의견 반영이었다.

해외여행을 많이 다녀본 정설아와 정현수 역시 한시민의 말에 적극 동의하는 바였으니까.

휴양지에 와서 쇼핑이라니. 그냥 경치 좋고 물 좋은 곳에서 편안히 하루 종일 뒹굴거리면서 쉬는 게 최고다.

그러다 밤엔 분위기 좋은 곳에서 술이나 한잔 기울이면 그야말로 최고의 여행이라고 볼 수 있는데 여긴 그 모든 게 갖추어져 있다.

어디 술집에 가서 술값을 바가지 쓸 일도 없으며 시끄러운 다른 사람들의 말까지 들을 필요도 없다.

쇼핑? 쇼핑을 할 거였으면 몰디브로 오지 않았겠지.

자연스럽게 정설아와 정현수가 한 발자국 뒤로 물러섰다.

"그래, 몰디브 왔으면 모히토 한 잔 마셔줘야지. 근데 난 아침에 일어나서 세 잔 정도 마셨더니 별로 안 당기네. 너희끼리 다녀와."

"저도 오늘 그 날이라 쉴게요. 예슬이랑 다녀오세요."

"……."

강예슬 또한 마찬가지다. 귀찮아하기론 그녀가 셋 중에서 제일이다. 그런데도 이렇게 보채는 건 바라는 바가 있다는 것이다. 그게 뭔지 모른다는 건 눈치를 밥에 말아먹었다는 뜻이다.

한시민이 한숨을 내쉬었다.

"하아."

배부른 한숨이다. 전생에 나라를 팔아먹은 정도의 업적을 세우지 않고서야 이렇게 현세에 여자들이, 그것도 미인들이 꼬일 수가 없다.

그럼에도 한시민은 한숨을 내쉴 수밖에 없었다. 판타스틱 월드를 시작하기 전까지만 해도 상상조차 할 수 없는 일은 분명하지만, 지금까지 만나고 관계를 맺고 있는 여자 중 한 명이라도 그 당시 보았다면 거절이고 뭐고 그냥 인생 자체를 가져다 바칠 정도로 열심히 잘 해보겠다고 노력했겠지만 지금과는 상황이 다르니까.

귀찮은 건 귀찮은 거다.

하지만 또 내뱉은 말이 있었기에 거절할 수 없었다. 판월 캐릭터가 나라고 아주 호된 착각을 하고 냅다 뛰었으니.

강예슬이 육상부 출신이 아니었다 해도 한시민의 현재 체력으로는 힘들었을 수도 있다.

그나마 캡슐로 플레이하는 가상현실 전에 강화는 해야겠고 또 목숨은 지켜야 하니까 울며 겨자 먹기로 했던 운동들을 믿었던 건데.

한시민이 질질 끌려갔다.

9

세상엔 별의별 사람들이 다 있다.

한국이라고 그런 일이 없으리란 법도 없고 또 해외라고 그런 일이 생기지 말라는 법 또한 없다.

그냥 어디에서든 어떤 일이 생기는 건 우연의 일치일 뿐이며 마치 사냥터에서 어쩌다 운이 나쁘게 아무 이유 없이 PK를 하고 다니는 놈들을 만나는 일이랄까. 그런 경우가 종종 있다.

섬에서 나온 한시민과 강예슬도 마찬가지였다. 별생각 없이 걷고 있었다. 서로 사귀는 건 아니지만 어쨌든 호감을 갖고 있고 어쩌면 연애하는 것보다 더 달달한 관계에서 굳이 다른 사람의 눈치 따위를 볼 필요는 조금도 없었으니까.

게다가 해변에도 둘처럼 가벼운 옷차림으로 거니는 커플도 많았다.

그중에서 유독 강예슬의 몸매와 외모가 빛이 날 뿐이었지만 설마 그로 인해 무슨 일이 일어날까 하는 걱정 따위를 하는 것 자체가 발상이 이상한 게 아니겠는가.

다들 그냥 구경하며 감탄 정도 내뱉겠지.

아니면 한시민은 대체 어느 나라의 부자기에 저런 여자를 끼고 다니는지 부러워하거나.

이런 조합에 직접 다가와 말을 건넬 만한 사람은 흔치 않다.

외적인 부분을 포기하고 여자가 한시민을 만나는 부분에 있어 얼마나 많은 핸디캡을 금전적인 부분에서 채우고 있을지

지레짐작할 뿐이었다.

뭐 둘은 그런 사소한 문제들에 대해선 그러거나 말거나 신경도 쓰지 않았지만.

일은 해변에서 나왔을 때 벌어졌다.

한눈에 봐도 귀티 나는 남자가 다가왔다. 그러곤 반갑게 인사했다.

"하이!"

영어로.

한시민의 인상이 절로 찌푸려졌다. 시커먼 남자가 다가와 그에겐 눈빛조차 주지 않은 채 오로지 시선은 강예슬의 가슴에만 꽂혀 있기 때문이 아니었다.

"아는 사람이야?"

"아니, 전혀."

"그런데 왜 와서 영어를 씨부리지."

영어에 대한 거부감 때문. 안 그래도 귀찮아 죽겠는데 별 쓸데없는 사람 때문에 시간이 지체되는 그 기분이랄까.

강예슬도 남자가 다가온 이유를 눈치채고 한시민에게 더 밀착했다.

눈치가 있으면 알아서 꺼져라.

하나 용기 내 다가온 남자는 개의치 않고 말을 이었다. 당당하고 자신감 있게.

제스처까지 더해졌다. 손목에 걸쳐진 딱 봐도 비싸 보이는 시계는 남자의 부를 보여주고 있었고 도로변에 서 있는 멋있는 스포츠카는 이런 일이 한두 번이 아니고 그의 성공률이 상당히 높음을 암시하고 있었다.

하지만 강예슬에겐 전부 소용이 없는 것들. 남자의 말이 끝나자 강예슬이 고개를 저었다. 정중한 거절.

한시민이 물었다.

"뭐래?"

강예슬이 영어를 할 수 있다는 자체부터 놀라웠지만 그 내용도 궁금했다. 남자들이 와서 강예슬에게 하는 말이야 뻔하겠지만 과연 뭘 그렇게 길게 자랑했을까.

"……말해줘?"

"응."

"가진 게 돈뿐인 놈하고 억지로 놀지 말고 자기랑 가재. 밤에 끝내준다고. 저런 놈한테 받은 돈 내가 다시 돌려줄 테니 걱정 말래."

"……."

듣지 말걸.

동시에 부러웠다. 역시 있는 놈들은 여자랑 한 번 놀려고 돈지랄을 아무렇지 않게 하는구나.

한시민의 표정이 묘해지자 강예슬이 살짝 불안해했다.

"아니, 잠깐. 뒤에 건 잘못 해석한 거 같아. 오빠 설마 돈 때문에 나 팔아먹진 않을 거지?"

"뭐래."

충분히 한시민이 내릴 만한 결정이 아니던가. 하나 한시민은 걱정과 달리 강예슬을 등 뒤로 숨긴 채 인상을 찌푸렸다.

강예슬은 살짝 감동했다.

별건 아니다. 굳이 남자친구가 아니라도 충분히 일행으로서 동료가 웬 알지도 못하는 놈들이랑 놀러 가는 걸 보고만 있을 순 없다.

그럼에도 한시민이기에 감동이었다.

별거에 다 감동하는구나.

심장이 두근거리면서도 강예슬이 한숨을 내쉬었다. 거기에 한시민이 백화점에 도착해 쐐기를 박았다.

"그래, 데이트하기로 했으니 오늘 내가 쏜다. 자, 이걸로 결제해."

"오, 진짜? 뭐야. 이 카드는?"

"내가 예비군 뛰고 군대에서 조금 남은 30만 원 정도 있을 거야."

나라사랑카드를 내미는 애교까지 선보이며.

10

대륙에 알게 모르게 이런 말이 떠돌기 시작했다.

"사실은 대륙을 움직이는 진짜 황제가 따로 있다며?"

"쉿! 그게 무슨 말이야. 그런 말 함부로 내뱉으면 바로 모가지 날아가는 거 몰라?"

"그래서 몰래 하고 있잖아."

"그래. 근데 그게 누군데? 이번에 대륙에 오신 천왕님?"

"아니, 그분도 사실 보이지 않는 황제가 데리고 온 꼭두각시에 불과하다는 소문이야."

"그게 무슨……. 대체 누군데."

"그분의 이름은 말할 수 없어. 하지만 그분은 황제의 사위시지."

"헉! 설마……."

"안 돼. 이거 절대 비밀이야. 소문으로만 들은 이야기고 혹시 어디 흘러들어 가면 바로 죽는다고."

"알지……. 그런데 진짜야?"

"진짜야. 요즘 말이 많잖아. 그분, 황제 폐하께서 직접 국왕으로 임명하신다는 말씀도 있어."

"헉, 그렇다면……."

"조만간 대륙 최초로 황제 폐하의 허가를 받은 왕국이 설립될 거야."

"……."

"어지간한 왕국들은 요즘 그분께 잘 보이려고 조공하고 있잖아."

사실상 틀린 말도 없는 한시민의 인기와 명예.

황제의 귀에도 당연히 들어갔지만 황제는 별다른 반응을 보이지 않았다. 분명 황제의 권위에 누가 되는 이야기지만 그는 알고 있었기에.

예전이라면 모르겠지만 지금 이 시점에서 돈만 밝히는 놈이 모든 걸 포기하고 황제라는 명예를 위해 도전하지는 않을 것이다. 그렇게 만들기 위해 국왕을 허락하는 것이기도 하고.

황제가 알게 모르게 용인하자 다른 왕국들의 아부는 더 심해졌다.

개중엔 황제의 철퇴를 기다리고 있는 곳도 많았다.

살기 위한 조공, 혹은 출세하기 위한 아부.

거기에 가장 많은 혜택을 받는 건 먼 옛날, 한시민의 성장기 한 페이지에 이름을 남겼던 아인 왕국이었다.

"대륙의 영웅께서 우리 왕국의 상징을 강화해 주시겠노라 했다! 음하하!"

한시민의 머릿속에선 이미 까맣게 잊힌 왕국의 수혜는 말로 이를 수가 없었다.

Episode 59.
올스타전

1

여행은 끝났다.

1주일이라는 시간. 길면 길고 짧다면 짧은 시간이었지만 돌이켜 보면 결코 후회되는 시간은 아니었다.

"다음에 또 와야지."

"나도!"

"반떵하자. 내가 전용기 대여할게."

"그래!"

아무리 판타스틱 월드가 진짜 현실 같은 또 다른 세상이고 그곳에선 현실에서 경험하지 못하는 것들을 할 수 있다고 한들 사실 진짜 현실에서 즐기는 것과는 엄연히 차이가 있기에.

느끼는 감각이나 경험들이 어색하다거나 그런 문제가 아니라 심리적으로 받아들이는 차이다. 게임에서의 경험은 그저 나의 아바타가 하는 것이라면 현실에서의 경험은 진짜 내가 몸을 움직여 무언가를 한다는 느낌.

큰 차이는 없지만 평생 집구석에만 들어앉아 있다가 처음으로 에메랄드빛 바다에서 파도에 몸을 맡기며 서핑도 타보고 스노클링도 해본 한시민에겐 아주 값진 경험이었다.

게다가 어쩌다 운 좋게 한 것도 아니다. 이제 얼마든지 원한다면 가서 경험할 수 있다.

여행에 필요한 경비가 결코 가벼운 건 아니지만 그럴 때마다 통장에 찍혀 있는 잔액을 보며 조금씩 적응하면 되는 문제니까.

그러다 보니 한시라도 빨리 캡슐에 누워 판타스틱 월드에 들어가고자 하는 마음이 조금 덜했다.

여행의 여운을 즐긴달까.

집에 도착해 캡슐 대신 침대에 눕는다.

"어디 보자."

물론 초심을 잃진 않았다. 그저 캡슐 대신 침대에 누워 확인할 뿐이다. 그가 없을 동안 벌어졌던 일들, 이제 다시 캡슐에 누워 원래의 세상으로 돌아가 가장 먼저 해야 할 일들이 무엇인지.

가장 먼저 확인한 건 메일과 쪽지들이었다. 쓸데없는 내용이 99%이지만 그 사이에 섞여 있는 광고 문의 글들은 한시민의 생활비를 담당하는 아주 꿀 같은 보석들이다.

덕분에 하루가 다르게 늘어나는 광고의 수는 시청자들에게 불만의 대상이 될 수밖에 없지만 그래 봤자 통장에 찍히는 금액이 늘어나는 걸 보는 한시민의 마음을 돌릴 수는 없다.

여행도 갔다 왔겠다, 지출을 메우려는 한시민의 매서운 눈빛이 메일을 훑었다. 그리고 발견했다.

"어?"

이름 있는 방송사에서 온 메일을, 거기에 적혀 있는 한시민만을 위한 금액을.

대충 눈으로만 훑고 휴지통으로 보내 버리던 다른 메일들과 다르게 자세를 고쳐 앉은 한시민이 정성스럽게 답장을 작성하기 시작했다.

광고도 두 개 더 넣고 기분 좋게 판타스틱 월드에 접속한 한시민을 기다리는 건 산더미처럼 쌓인 보좌관의 보고였다.

"영주님이 없으신 동안 많은 일이 있었습니다."

"1주일인데 뭐 얼마나 많은 일이 일어났나요."

진중한 표정의 보좌관을 보며 한시민이 대수롭지 않게 물었다.

판타스틱 월드 자체가 그런 곳이긴 하다.

1분 1초를 예측할 수 없는 그림이 그려지는 곳, 잠깐 화장실을 다녀온 사이 한 왕국이 망하는 곳.

불과 얼마 전까지만 해도 그랬고 한시민 또한 그렇기에 잠조차 줄여가며 움직이지 않았던가.

하지만 그런 혼돈의 시대는 잠시 막을 내렸다. 마왕의 탈을 쓰게 된 천왕이 떠나면서.

대륙은 평화를 되찾았고 평화를 안정시키기 위한 움직임 동안 벌어지는 변화들은 딱히 한시민에게 그리 크게 영향을 미치지 않으리란 판단하에 자리를 비웠던 것이다.

당연히 무슨 큰일이 벌어졌으리란 생각은 쉽게 하기 힘들다.

그런 시큰둥한 반응에도 보좌관은 여전히 진중한 표정으로 말을 꺼냈다.

"황제 폐하께서 조만간 왕위를 내리실 예정이라고 합니다. 리치 영지가 드디어 영주님의 이름으로 된 왕국으로 거듭나게 되었습니다. 크흡."

"오, 그래요? 잘됐네요."

확실히 놀랄 만한 이야기. 하나 한시민은 놀라지 않았다.

"뭐 그 정도야 당연히 해줘야지. 마왕도 쫓아내고 대륙에 뿌리 깊이 박힐 뻔한 사이비 종교도 내가 다 찾아서 족쳤는데."

애당초 최종 목표는 대륙을 지배하며 가만히 앉아서 돈을 버는 양아치가 될 생각인 한시민에게 왕국은 이제 본격적인 목표에 한 걸음 다가서는 것이나 다름이 없다.

기뻐하긴 일렀다는 뜻. 그러다 보니 보좌관의 기대만큼의 반응이 나오지 않았다.

"……예, 그래서 그에 맞춰 리치 왕국에 맞는 스케일을 완성하기 위해 작업을 시작했습니다."

"작업이요?"

대신 그 뒤의 보고에서 한시민의 반응을 이끌어 낼 수 있었다.

리치 왕국에 맞는 스케일!

몽롱하게 눈동자가 풀린 보좌관이 신을 내며 설명을 시작했다.

원래 그의 영주는 이토록 시크하고 반응이 없다. 그런 영주의 반응을 이끌어 내고 원하는 바를 이뤄주는 게 그의 역할이며, 방벽 하나 없던 리치 영지를 여기까지 끌어올려 준 영주를 위한 노력이다.

"예, 현재 리치 영지부터 리치 카지노를 잇는 대규모 왕국의 터를 닦기 위해 그 사이에 있는 영지들을 포섭 중입니다. 거기에 필요한 비용은 지금껏 충당한 돈들로 이루어질 예정이라 영주님께서 따로 지원해 주실 금액은 없습니다."

"여기서 돈을 더 내라고 하면 그게 인간이냐."

"예?"

"아, 아니에요. 혼잣말입니다."

"예, 그리고 협조해 주지 않는 영지나 소규모 왕국과는 전쟁을 해서라도 리치 왕국 프로젝트를 완성시킬 예정입니다."

"예예, 알아서 잘하시겠죠. 난 또 무슨 프로젝트라기에 드디어 돈 한 푼 받아보나 했더니 이번에도 돈 쓰겠다는 말이네. 그래서 얼마나 걸려요?"

"……대략 6개월 이내면 정리가 끝나고 작업에 들어갈 것 같습니다."

"하아, 앞으로 한 2년은 돈 바라지 말라는 말이네. 그냥 여기서 돈 나오는 건 포기해야겠다."

"……영주님?"

"아, 아니에요. 오늘따라 속마음이 그대로 나오네."

딱히 악감정에서 나온 말들은 아니다. 워낙 한시민이 솔직하고 또 보좌관과는 바닥부터 함께한 사이이다 보니 그냥 생각들이 툭툭 튀어나오는 것일 뿐이다.

솔직히 못 할 말 하는 것도 아니지 않은가!

'시바, 내 게임 인생 이래 적자 보는 유일한 두 가지 중 하나네.'

야심 차게 키우기 시작한 리치 영지다.

언젠간 커서 유흥의 중심가가 되어 눈만 뜨고 일어나면 통장에 수십억씩 꽂히는 날이 오겠지 하는 마음으로 초반에, 돈 한 푼에 울고 웃던 그 시절에 거금마저 아낌없이 투자하지 않았던가.

그런데 이제 순수익이 한시민이 벌어들이는 돈보다 훨씬 많아진 지금에도 정산을 한 푼도 받지 못하고 있는 것도 억울한데 이제 그 돈들마저 다 더 큰 왕국을 세우는 데 쓰겠단다.

결국 한시민의 영지고 왕국임은 변함이 없지만…… 뭘까, 이 공허함은.

왕국의 주인으로서 이런 억울함 정도는 털어놓아도 되지 않겠는가.

"그럼 수고해 주세요. 전 제국에 갔다 올게요."

"예, 영주님. 다녀오시면 이제 국왕 폐하가 되겠군요."

"네, 바지 국왕이네요."

아주 깔끔한 질척거림과 함께 한시민이 영주 방을 나섰다.

2

UGN 대박 기획.

판타스틱 월드 올스타, 별들의 전쟁!

가장 중요한, 그리고 판타스틱 월드에서 가장 핫한 한시민의 출연 여부가 결정되자마자 홍보를 때리기 시작했다. 촬영은 1주일 뒤지만 방송의 흥행에 가장 중요한 게 홍보이니만큼 당장에라도 방송을 할 것처럼 호들갑을 떤다.

그럴 수밖에 없는 게, 이런 프로그램은 판타스틱 월드가 오픈한 이래 단 한 번도 없었다.

생방송으로 대본 없이 진행되는 리얼 버라이어티!

리얼 버라이어티 쇼도 아니다. 오로지 참여하는 올스타들의 돌발적인 행동을 통해서만 프로그램이 진행된다.

당연히 MC도 없다. 그냥 따로 만든 서버에 참여하는 올스타들을 몰아넣고 최고의 유저를 가린다.

-그런데 이거 그냥 판월 서버 캐릭터 정보 따오면 시민이 그냥 우승 아니냐?

-에이, 캐릭터만 가져오는 거면 좀 힘들지 않을까 싶은데.

-걔 스텟이 얼마인지나 아냐.

-얼만데?

-나도 몰라.

-ㅂㅅ. 시민이 센 이유는 테이머이면서 강화사이기 때문이다. 이 시알못들아. 시민이 동레벨 유저들 상대할 때 직접 나서서 때려잡는 거 봤냐? 초반 영상들에 보이는 건 다 15강 한 상태에서 상대 유저들은 레벨도 낮고 그땐 강화에 대한 개념도 별로 없어서 강화

빨로 발렸던 거지 요즘도 그게 가능할 거라 보이냐.

-하긴, 동등한 조건으로 하는 것도 재미있겠는데 진짜 이렇게 다 모아놓고 싸우게 하는 것도 재미있겠다.

-그런데 시민은 그게 능력인데 그걸 떼고 캐릭터만 가져오게 하는 건 형평성에 어긋나지 않냐.

수많은 논쟁이 일고 관심이 쏠린다.

어떻게 조건을 설정하느냐에 따라 욕을 바가지로 처먹느냐 마느냐가 갈리겠지만 일단은 이런 어그로는 방송사에게 나쁠 것이 하나도 없다.

생방송으로 진행하는 것 또한 전혀 부담을 느끼지 않아도 된다. 만에 하나의 상황은 대비하겠지만 어차피 방송에 나오는 올스타들 99%는 개인 방송을 진행하는 유저들이니까.

해서 UGN은 이 어그로를 긍정적인 방향으로 끌어가기 위해 유저들이 좋아할 만한, 동시에 가장 말이 나오지 않을 방식으로 시스템을 짰다.

1:1을 원하는 유저들을 만족시키면서 동시에 1:1 전투 능력이 부족한 유저들을 배려하는 방법까지.

"올스타전은 제한 시간 24시간으로 진행됩니다. 모든 올스타의 스텟은 시작 시 1로 고정되며 섬에 비치된 몬스터나 다양한 방법을 통해 스텟을 성장시킬 기회를 얻습니다.

모든 참여자의 밸런스를 위해 노력할 것이며 총 500명의 올스타 중 최후의 1인에서 10인을 뽑아 상금을 수여하도록 하겠습니다."

시간이 흐르고 판타스틱 월드엔 다양한 직업이 공개되었다.

레전더리 등급의 직업의 공백은 아직까지 드러나지 않았지만 유니크부터 스페셜까지, 방송을 진행하며 인기를 얻는 대부분의 PJ는 특이한 직업들과 자신들의 독특한 플레이로 생계를 유지하고 있다.

그런 수많은 방송을 보며 시청자들은 공통적으로 이런 생각을 했을 것이다.

누가 가장 강할까.

그 욕구를 충족시킬 수 있는 것이다. 개중엔 1:1에 취약한 직업이 있을 수도 있기에 세력을 만드는 것 또한 허락했다.

어떠한 방법을 써도 된다. 최후의 10인에만 남으면 상금 10억 원을 가져갈 수 있다.

물론 세력을 이뤄 가져간다면 개인당 1억이겠지만 최후의 1인보단 세력을 이룬 10인이 더 쉽다는 건 당연한 사실.

시청자들은 인정했다. 그리고 기대했다.

동시에 궁금증이 한곳으로 쏠렸다.

-스페셜리스트 전원 참여인가?

-켄지는? 요즘 안 보이던데.

명실상부 판타스틱 월드에서 가장 유명한 둘.

그 둘이 다시 한번 계급장 떼고 붙는 기회가 만들어진다면? 본 대륙에선 켄지가 머릿수를 앞세워 스페셜리스트를 압박했지만 이벤트 올스타전에서 반대의 상황이 나온다면?

어떤 결과가 나올까.

당사자들보다 보는 사람들이 더 설레하며 촬영일을 기다렸고, 방송일을 기다렸다.

3

제국으로 향하는 동안 커뮤니티를 훑으니 어느 정도 자리를 비웠던 1주일 동안의 분위기를 파악할 수 있었다.

"아무 일도 없을 것 같아서 간 건데 의외로 많은 일이 일어났네."

정말 놀랄 만큼 많은 변화가 일어났다.

정확히 말하자면 '일어날 조짐을 보이고 있다'가 맞겠지만 어쨌든 그것들은 곧 일어날 일들이고 천재지변이, 천왕이 다시 게이트를 열고 예수가 부활하듯 나타나지 않는 이상 일정이 변경될 일은 없을 것이니까.

하지만 예상치 못했던 변화들에 당황하지는 않았다.

판타스틱 월드를 시작하고 지금까지 한시민이 미래에 대해 확신한 적은 오로지 100% 확률의 강화를 시도할 때 말고는 없었다.

미래는 그 누구도 어찌 될지 모르는 것이다. 사고가 날 때도 그랬고 사고가 나서 기적적으로 살아난 뒤에도 그랬다.

죽겠구나 싶던 순간에 그의 미래 예측은 틀렸고 온몸에, 심지어 눈마저 붕대를 칭칭 두른 채 숨 쉬는 것도 힘들던 기간에도 이렇게 있다가 조만간 숨이 끊어지겠다 싶은 순간의 확신에도 예측은 틀렸다.

그리고 그에게 기적이 찾아왔다. 그렇기에 한시민은 의외로 신을 가장 믿지 않는 인간이면서 동시에 기적은 또 믿는다.

그런 그가 이렇게 변수가 많은 판타스틱 월드에서의 일들을 예측하지 못했다고 낙담하겠는가.

그냥 신기해할 뿐이다.

"돈은 안 되네."

딱히 긴장하거나 대비해야 할 내용도 없었다. 그냥 즐기듯 팝콘을 뜯으면 된다.

한시민과 그의 영지는 이제 대륙에서 감히 건드릴 사람이 없을 정도로 위용을 뽐내게 되었고 황제의 가호를 받으며 왕국으로 승격하기 위해 발돋움하는 시점이다.

그 과정에서 땡전 한 푼 들어오지 않는다는 사실을 상기하면 뜯던 팝콘을 집어 던지고 싶은 마음이었지만 어차피 영지로 돈을 버는 건 포기했던 부분.

머릿속에서 지우고 다음으로 흥미로운 이슈를 상기한다. 저 기억 밑바닥 깊숙이 묻혀 있던 단어.

"아인 왕국……."

뭐랄까, 추억의 단어다.

그 이름과 엮인 지 채 1년이 되지 않았음에도 아득히 먼 과거라고 느껴지는 이유는 아마 그사이 엄청난 일들이 일어났기 때문이고 또 게임을 플레이하는 데 있어 초반부에 스쳐 지나갔던 까닭이겠지.

강화해 주기로 했던 상징 또한 아공간에 처박혀 먼지나 잔뜩 쌓여 이가 나가지나 않으면 다행이고.

생각난 김에 꺼내봤다.

"크."

추억에 젖는다.

그래도 아인 왕국에서도 나름 추억이 있었지.

그가 성장하는 데 있어 적지 않은 도움도 되었고.

왕좌에서 강화했던 기억을 어찌 잊겠는가.

돈도 안 되는 추억 가지고 돈 좀 벌었으니 베풀겠다는 생각 따위는 조금도 없었지만 그는 공과 사, 은혜와 원수는 철저히 계산하는 사람이다.

"내 이름 좀 파는 거쯤이야."

그의 이름을 팔며 친근함을 과시한다는 글이 요즘 가장 핫한 내용 중 하나다.

영지를 가지는 유저가 슬슬 나오는 시점에서 상당히 중요한 문제.

황제에게 내쳐지느냐 아니냐의 차이만으로도 영지를 받자마자 그대로 반역자가 되어 낙인을 찍히느냐의 갈림길로 향할 수도 있다.

그런데 만약 아인 왕국의 말이 진짜라면. 유저들은 너도나도 할 것 없이 미래가 창창한, 성장할 날들만 남아 있는 아인 왕국으로 향할 것이다. 그렇게 되면 아인 왕국은 지금보다 더 커질 것이고 이는 곧 한시민에겐.

"득이 되진 않지."

뭐 가끔 공물이나 뇌물을 바치겠지만 그들이 얻어갈 이득에 비하면 아까워 배가 아플 지경이다.

하지만 딴지 걸지 않기로 했다. 그도 곧 한 왕국의 국왕이 될 몸이 아닌가.

독고다이도 좋지만 그를 지지하는 왕국들 몇 개쯤, 그것도 세력이 대단한 왕국이 있는 건 결코 나쁘지 않은 선택이다.

그건 이번에 천왕 마왕 사건을 겪으면서 느꼈다.

리치 영지야 방어 태세를 잘 갖추어 놓았고 무슨 사건이 터지기 전에 일을 마무리해 안전할 수 있었지만 조금만 늦었다면, 일이 틀어졌다면 동맹 하나 없는 외로운 신세로 사방에서 몰려오는 공격을 감당해야 했을 것이다.

제아무리 15강 성벽이라도 오래 버티진 못했을 것이고 땡전 한 푼 나오지 않는 영지라도 그의 상징이었던 리치 영지는 지도상에서 사라졌겠지.

해서 신경을 쓰기로 했다.

동맹보단 그의 뒤를 받쳐 줄 왕국들을 구한다.

물론 거기엔 더 먼 미래를 바라보는 포석이 깔려 있다.

'어차피 언젠가는 망할 게임, 정점 찍을 때 팔려면 세력이 크면 클수록 좋겠지.'

모든 게 돈이다. 인생으로 비교하면 이제 막 스무 살이 된 아이가 노후를 대비해 연금을 넣는 셈.

보좌관이 알면 게거품을 물고 쓰러질 생각을 태연하게 하는 한시민이었다.

황제는 오랜만에 단잠을 자고 있었다.

낮잠.

정말 어지간해선 눈을 뜨고 있는 그가 낮에 잠을, 그것도 단잠을 취한다는 것은 그만큼 현재 대륙 돌아가는 정세가 황제에게 있어 마음에 들고 편안하다는 뜻이다. 하루에 2시간 정도 시간 내서 낮에 수면을 취해도 될 만큼.

가장 큰 이유는 역시 한시민의 부재겠지.

마주치는 시간과 빈도가 크지 않다고 해도 그놈이 대륙에 없다는 사실만으로도 마음이 편해지고 안정이 취해진다. 해서 낮잠도 즐길 수 있었다. 그런데 그 낮잠이 낮잠을 자게 해준 놈에 의해 깨졌다.

"장인어른! 저 왔어요!"

"……지금 폐하께선 낮잠을……."

"아니, 다 늙어서 웬 낮잠이람. 평소엔 잠도 없으신 분이. 죽을 때 되면 사람이 달라진다던데 혹시……."

방음이 아주 잘 되는 방문을 뚫고 들어오는 카랑카랑하고 자신감이 넘치는 동시에 귀에 거슬리는 저 목소리. 꿈조차 꾸지 않고 수면하던 황제의 미간이 눈이 떠지는 것보다 먼저 찌푸려졌다. 그러곤 상체를 일으켰다.

"하아."

일장춘몽이로구나. 벌써 일주일이 지났단 말인가.

아니지, 일주일보다 더 지난 것 같은데 어째 이렇게 시간이 빠르게 지나간 기분일까.

불쾌함을 표현하기도 전에 문이 벌컥 열렸다.

"이런……."

건방진 놈.

아무리 황제의 사위이고 대륙의 영웅이고 곧 국왕이 될 몸이라 해도 그렇지, 신하들이 보고 있는 앞에서 저토록 무례하기 짝이 없다니.

황녀 때문에 참고 있었지만 황제는 여전히 철혈제다. 저런 싸가지 없는 놈한테 오랜만에 그 진면목을 한번 보여주리라.

"아바마마! 서방님 오셨어요."

"……."

"저 왔어요, 폐하. 에이, 여보. 아버지 주무시는데 그렇게 문을 벌컥벌컥 열면 어떻게 해. 난 두 시간이고 세 시간이고 기다릴 수 있다니까."

"아니에요, 서방님. 아바마마 곧 일어나실 때 되셨었어요."

"……."

는 개뿔.

문을 열고 가장 먼저 보이는 얼굴이 눈에 넣어도 아프지 않은 하나뿐인 딸임을 확인한 황제의 인상이 또 한 번 찌푸려졌다.

공주의 허리를 감싼 채 등 뒤에 숨어 어깨너머로 고개만 빼꼼 내밀며 뻔뻔하게 말을 내뱉는 놈의 면상에 대고 욕을 하기엔 방패가 너무나도 견고하다.

이대로 욕을 날리면 저 뻔뻔한 놈에게 닿기도 전에 공주에게 모든 대미지가 들어가겠지.

어쩔 수 없이 나오려던 욕을 삼켰다. 대신 다른 말을 내뱉기로 했다.

"좀 더 자야 하니 조금 있다가……."

더 잘 생각은 조금도 없고 잘 맛도 다 떨어졌지만 대놓고 아비 앞에서 한시민의 편을 드는 공주가 얄미워 내뱉는 말.

억울하다. 저런 놈팡이한테 빠져 아비의 단잠을 깨운 것도 모자라 합리화까지 하다니!

아쉽게도 그런 속상함 또한 세상에 표현되지 못했다.

"저 봐. 잠 다 깬 거 아는데 더 잔다고 나가라고 하시잖아. 삐진 거라고, 어쩔 거야."

"아니에요, 서방님. 아바마마가 그러실 리 없으세요."

"없긴. 저 표정 봐. 딱 봐도 질투하는 표정인데."

"……아바마마?"

속상함을 표현하다가 사위나 질투하는 속 좁은 아비가 될 수도 있었으니까.

반박하지는 않은 채 침대에서 일어났다.

"목이 마르군."

"갑자기요? 졸리다고 하시더니……."

"됐고, 왜 왔냐."

"오라고 하셨잖아요. 내일 공헌 수여식 한다고 하셔서 먼 길 왔더니. 섭섭하네요."

"……."

"폐하 빨리 뵙고 싶어서 하루 일찍 왔습니다."

"저는요?"

"넌 밤에 보면 되잖아."

"꺅, 부끄러워라."

"……."

자신이 한 행동에 단 한 번도 후회하지 않아본 황제가 처음으로 공헌 수여식을 한다고 모험가들을 초청하라 한 자신을 탓했다.

4

뭐, 별거 없었다. 화려하고 거창하고 웅장하긴 했지만.

누구나 생각했던 그런 수여식이었다. 공헌을 한 이들에겐 보상을 주고 처단한 왕국들의 명단을 부르며 혹여 다른 마음을 품지 말라 경고하고, 계속해서 앞으로 제국에 충성을 다한다면 어떠한 당근을 던져 줄지 연설하고.

뻔하고 지겹고 반복이었지만 해야 할 과정이었고 황제의 카리스마 넘치는 말들은 모험가들뿐 아니라 NPC들에게도 감명 깊은 시간이 되었다.

출세하는구나.

여기 모인 이들 중 조금이라도 혜택을 받지 않는 이는 없었기에 지겨운 표정을 하는 이는 한시민을 제외하고 단 한 명도 없었다.

특히 모험가들은 더 큰 충성심을 보였다. 이제 막 초보자에서 탈출해 세력을 키우고자 돈을 쏟아붓던 이들에게 이보다 더한 출셋길이 있겠는가.

이미 세력을 일구고 자리를 잡은 유저가 얼마나 많은 돈을 버는지, 왜 걸어 다니는 중소기업이라 불리는지에 대한 것은 증명되었기에 더하다.

특히 황제의 옆에 다리를 꼬고 턱을 괸 채 앉아 있는, 이제는 리치 왕국의 국왕이 된 한시민은 걸어 다니는 중소기업을 넘어 글로벌 국제 기업이라 불리고 있다.

원룸에서 게임이나 하던 백수에서 누군가의 롤모델이 되기까지.

"와, 진짜 예쁘다."

"미친, 시민 저 사람은 황녀랑 그럼 매일 밤 같이 자는 건가?"

"자기만 하겠냐. 들어보니 황녀가 원래 저주에 걸렸었고 죽을 운명이었는데 저 유저가 구해줬다는데. 그리고 사랑에 빠져서 황제한테 적극적으로 결혼하겠다고 밀어붙였고."

"리얼이냐?"

"몰라. 들리는 소문이 그래."

"와, 그럼 황녀가 더 적극적인 거 아냐?"

"부럽다. 딱 봐도 미성년자 같은데."

"이런 미친놈아, 판월에 미성년자가 어디 있어."

"그래도. 하, 저런 드레스를 입어도 굴곡이 다 드러날 정도로 잘 성장한 황녀인데. 시바, 부럽다."

물론 가장 큰 부러움은 남자들에게서 쏟아졌다.

돈과 명예, 그리고 여자. 가장 원초적이지만 원하는 모든 것을 갖추었으니까.

물론 몇몇은 전투 의지를 불태웠다.

"여기선 아직 발바닥이나 쳐다보며 기어 올라가야 하지만 올스타전에선 이길 수 있겠지."

"너도 나가냐?"

"당연, 스페셜 등급에 개인 방송도 꽤 잘나가니 메일 오더라. 가서 무조건 저 부러운 놈부터 죽인다."

"될까? 스페셜리스트도 함께 갈 거 같은데."

"야야, 저 사람들이 처음을 잘 잡아서 여기까지 격차를 벌린 거지 다 똑같이 시작하면 다를 거 같냐. 나도 2주만 일찍 시작했으면 저기 한자리했다."

"쯧쯧. 그래, 잘 해봐라."

올스타전.

한시민을 향해 칼을 가는 유저들이 수두룩한 상황이었다.

5

대대적인 홍보가 이어졌다.

방송 당일까지.

사실 홍보를 하지 않아도 알아서 시청자가 역대급으로 모일 컨텐츠이긴 했다.

한시민을 비롯한 판타스틱 월드에서 이름을 조금 날린 랭커들이 총집합하는 자리. 과연 누가 진정한 1등일까.

레벨과 길드 랭킹을 제외하고는 딱히 유저 간의 랭킹을 비교할 수 없는 현 판타스틱 월드의 특성상 아직까지는 별다른 불만이 크게 표출되고 있지 않지만 슬슬 자신의 위치를 확고히 하고 다른 유저보다 높다는 걸 각인시키고 싶어 하는 유저들의 갈증을 정확히, 그리고 절묘한 타이밍에 치고 들어온 컨텐츠라 볼 수 있다.

거기다 편성된 시간대도 토요일 저녁 8시.

남녀노소, 심지어 키우는 개도 시청할 수 있는 아주 적절한 타이밍에 편성되었다.

동시간대의 예능들이 지금까지는 굳건히 지키고 있었지만 그런 건 다 발라 버리겠다는 강한 의지의 출사표.

그런 의지만큼이나 확실히 반응은 뜨거웠다.

그럴 수밖에 없다. 안 그래도 한창 판타스틱 월드의 개인 방송 시청률이 지상파보다 높아지는 게 아니냐는 분석들이 나오고 있는 마당에 판타스틱 월드 개인 방송 시청자 수 대부분을 차지하는 PJ가 전부 방송에 공지를 하고 올스타전에 나왔다.

적어도 80%, 원래 PJ들의 방송을 시청하던 시청자들만 와도 대박이다.

거기에 그렇게 몰린 관심엔 또 흥미가 없던 사람들마저 몰려오게 마련이다, 구시렁대면서도.

시대의 흐름에 따라야 하니까. 당장 내일 학교, 회사에서 나오는 이야기들이 무슨 말인지는 이해하고 고개 정도는 끄덕일 수 있거나 모르는 부분을 질문이라도 하는 척은 할 수 있어야 하기에.

그렇게 방송이 시작되는 오프닝 화면에서만 올스타전 시청률만 20%를 돌파했다.

말도 안 되는 시청률, 역사적인 순간.

게임 방송이 이렇게 될 수 있다니.

사람들은 놀라워하면서도 기대했다.

나만 이런 생각을 하는 게 아니구나. 다들 똑같이 재미있으리라 생각하는구나. 오늘은 치킨을 시켜 먹어야겠다.

전국적으로 치킨집들의 대기 시간이 최소 1시간 이상 밀리기 시작했고 치킨집뿐 아니라 피자, 햄버거, 족발 등등 시켜 먹을 수 있는 음식들의 배달 양은 폭발적으로 증가했다.

거기에 판타스틱 월드 영상을 즐길 줄 아는 사람들은 예비 식량까지 준비해 이불을 깔고 드러누워 편안한 자세를 취하기도 했다.

-이거 최종 룰 개편안 보니까 48시간이더라. 리얼로 진행되니 최소 48시간 연방이라는 건데 같이 밤새운다는 마인드로 준비해서 화장실도 최대한 절제한다.

-개꿀. 이거 보려고 1주일 전에 미리 연차 썼다.

-오, 나온다. 나온다. 와, 랭커들 진짜 개많다.

그리고 빠르게 진행되는 방송.

대본도 없고 사전 촬영도 아니기에 군더더기나 그런 게 없을 수밖에 없다.

넓디넓은 거대한 섬, 하늘 저 높이에서 찍었음에도 크기가 한눈에 들어오지 않을 정도로 넓다. 500명이라는 최종 참여 인원을 수용하기 위한 최적의 장소.

-와, 예쁘다.
-저기 어디냐. 경치 죽인다.
-저 바닷물 좀 봐라. 수영하고 싶다.
-빡대가리들아, 저기 가상 서버잖아.

캡슐 속 임시 서버임을 알고 있음에도 사람들은 침을 삼켰다.
서버를 구축하는 것에 대해 아무것도 모르는 사람이라 해도 이번 방송을 위해 얼마나 많은 준비를 했는지 벌써부터 체감이 확 오는 세팅.

-진짜 실망하지 않을 거 같다.
-시작부터 이런 거라니. 섬 보면 구역마다 컨셉도 다름. 자세히 보이지는 않지만.
-유저들끼리 싸움도 재미있을 거 같은데 몬스터 레이드도 재미있겠다. 진짜 말도 안 되는 몬스터 넣고 유저들끼리 힘을 합쳐야 잡을 수 있는 것들 있어도 쩔 거 같은데.

거기에 더해지는 유저들의 프로필들.
그냥 빠르게 얼굴들만 스쳐 지나갔다. 그랬음에도 반응은 뜨거웠다.
전부 아는 시청자는 얼마 없을 정도로 판타스틱 월드에서 윤곽을 드러내지 않았거나 못했던 유저도 있었지만 대부분은 얼굴이 이미 게임을 하지 않는 사람들마저도 알 정도로 유명한 사람이 대부분이다.

그런 자들이 한자리에 모였다.

섬에 랜덤으로 떨어졌고 구름 한 점 없는 하늘에 태양보다 눈부시게 숫자가 표기되었다.

[48:00:00]

숫자가 떨어지는 순간, 시간이 흐르는 순간.

섬이 숨을 쉬듯 움직이기 시작했다. 아니, 섬 안의 것들이 움직이기 시작했다.

그에 맞춰 유저들도 어리바리 타지 않고 재빨리 움직였다.

모두가 이 이벤트가 처음이고 이 맵이 처음이다. 레벨도 공평하게 1이며 직업들은 각자 손에 익은 자신들만의 것들.

이게 뭔지 설명해 줄 제작진도 없고 알려달라 애원할 필요도 없다.

결국 최종 목표는 '생존'.

그리고 최종 결정된 어마어마한 상금.

-상금이 결국 50억으로 늘었다는데. 실화냐?

-얼마나 오른 거지.

-후원이 크게 들어왔다고 하던데.

-ㄷㄷ.

-나라도 저렇게 목숨 걸고 할 만하지.

그것은 올스타전이 주목을 받는 가장 큰 이유였다.

한시민은 처음에 사실 솔직히 말해서 조금 대충하자는 생각으로 참여 의사를 보냈다. 이제 와서는 메일에 명시된 수천 단위의 금액과 상금을 안 받아도 잘 먹고 잘살 만큼 삶이 윤택해지긴 했으니까.

귀찮아서 그냥 거절할까도 잠시 생각했었으니 말 다 한 것이지.

하지만 그런 생각을 하는 순간 저도 모르게 숨겨져 있던 초심이 고개를 들어 그를 채찍질했다.

돈 수천이 뉘 집 개 이름도 아니고.

통장에 쌓여 있는 액수를 보면 사실 그거 받는다고 티도 안 나지만 이렇게 눈이 높아져 가는 것 자체가 미래의 자신에게 상당히 미안해지는 짓이라 수락했었다.

어쨌든 우승은 안 해도 요즘 세상이 태평성대라 할 짓도 없고 나가서 대충 시간이나 때우다가 돈이나 벌자는 마인드랄까.

하지만 촬영에 가서 최종 룰과 상금을 듣는 순간 마음이 바뀌었다.

"미친, 50억?"

유저들에게조차 제작진은 그 사실을 숨겼다.

서버에 접속하고 간단한 룰을 알려주고 섬에 떨어뜨리면서 그냥 한마디 덧붙였을 뿐이다.

그걸 되묻는 유저는 없었다.

"시바, 목숨 건다."

한시민 또한 마찬가지다. 2천만 원과 50억의 무게는 차원이 다르다. 돈이 어디 많고 적음에 귀천이 있겠느냐만 적어도 그것을 대하는 마음가짐에 있어선 한시민은 차등을 둔다.

해서 섬에 떨어지자마자 누구보다 빠르게 홀로그램을 열었다. 기본적으로 주어지는 무기를 고를 수 있는 포인트가 존재했다.

바위에 내려치면 모가지가 날아갈 것 같은 허름한 망치를 일말의 망설임도 갖지 않은 채 선택했다.

결국 이 서바이벌은 48시간 동안 살아남는 것이라는 걸 잘 안다. 그러기 위해선 자신의 직업을 잘 살려야 한다는 것도 잘 알고.

"스페셜리스트는 천천히 찾고……."

당연히 마지막까지는 혼자 움직일 생각이 없다. 혼자 움직여서 뭘 할 수 있는 직업도 아니고.

하나 파티끼리 묶어서 떨어뜨려 주는 룰도 아니기에 합류는 빠르게 포기하고 주변을 살폈다.

나무들이 울창한 숲.

운이 제법 좋다.

망치와 함께 주어진 3개의 강화석을 보며 아쉬움에 입맛을 다셨지만 그 정도야 충분히 감내할 만한 페널티다.

"여긴 판월이 아니니까."

판월의 캐릭터 직업은 따오되 남은 스펙들은 서버에서 임시로 재구성했다. 그렇다는 말은 베타고의 완벽하게 짜인 제약들이 어느 곳에서 구멍이 났을지 모른다는 뜻.

그 허점을 찾기란 쉬운 일은 아니겠지만 적어도 그걸 찾아낸다면 50억의 주인이 될 수 있는데 한 걸음 다가가는 일이 될 것이다.

너무 심각한 버그는 아니되 그의 능력을 활용할 수 있는 방법.

막막하긴 했지만.

"이런 쓰레기 망치를 3강 하고 돌아다니다가 한 대 처맞고 뒤지는 것보다야 낫겠지."

한시민의 입가에 입꼬리가 말려 올라갔다.

그는 세상에서 강화를 제일 좋아한다. 그리고 그에 못지않게 자신 있어 하는 부분이 바로 잔머리다.

천왕도 털어먹는 한시민의 잔머리가 돌아가기 시작했다.

6

아무런 가이드도 없다. 어떠한 공식도 없다. 그저 자신만의 노하우랄 것도 없는 본능으로 성장해야 하는 올스타전 서바이벌.

이렇다 할 유저들 간의 이야기가 있었던 것도 아닌데 수천 대의 카메라로 찍어대는 유저의 일거수일투족엔 시간이 조금씩 흐르면서 크게 두 가지의 행동 패턴으로 흘러갔다.

짠 것도 아닌데, 아주 자연스럽게.

과연 이곳에 모인 500의 유저가 결코 이 자리에 그냥 명성으로만 뽑힌 게 아니라는 게 증명되는 순간.

이름이 알려지지 않은 유저들마저 시작한 지 1시간도 채 되지 않아 어이없게 지나가는 몬스터에게 죽지 않는 것만 봐도 알 수 있다.

그런 노련한 유저들은 선택했다.

안전하게 24시간 이후의 미래를 볼 것이냐, 과감하게 초반의 격차를 벌릴 것이냐.

어쩌면 시청자들도, 게임에 대해 조금이라도 아는 혹은 이런 분야에 관심이 조금이라도 있는 사람이라면 누구나 생각할 수 있는 선택지일지도 모른다.

하지만 간단하면서도 복잡한 문제다. 게임뿐 아니라 인생에서도 적용되는 문제가 아니던가.

전자는 안전하지만 시간이 필요하고, 후자는 위험하지만 위험을 감수한 만큼 큰 보상으로 다가온다.

올스타전에선 능력이 되는 자들은 후자를 택했다.

컨트롤이 되는 자들, 스텟이 동급일 때 적어도 1:1에선 지지 않으리라 확신이 있는 자들.

그들은 돌아다니며 정보도 없는 몬스터들과의 접촉을 피한 채 홀로 떨어져 다니는 유저들만을 노렸다.

워낙 큰 섬이라 500명의 유저가 떨어졌음에도 서로가 서로를 만나는 경우는 몬스터를 만날 확률보다 높지 않았지만 공정한 확률로 일정한 거리를 떨어뜨려 유저들을 배치한 것이 아닌 랜덤으로 배치했기에 또 일정 지역에선 몬스터들의 수보다 유저들 간의 배치가 오밀조밀한 지역도 있었다.

거기서 벌어진 전투는 승자를 낳고 탈락자를 낳았다. 패배를 직감한 유저들은 당연히 도망쳤고 유저를 사냥했을 때의 보상이 초반에 엄청나다는 사실을 알거나 짐작한 유저들은 포기하지 않고 쫓았다.

전투를 좋아하는 시청자들은 거기에 열광했다. 어떠한 스텟, 아이템 보정도 없는 순수 유저들의 컨트롤 싸움.

레벨 1이라 스킬 또한 보이지 않는다.

그저 들고 있는 기본 무기만으로 내는 승부.

사실 그게 가장 단순하면서 멋있지 않겠는가.

극한의 상황에서 생존하는 재미를 느끼는 시청자들은 다른 쪽을 관찰했지만 어차피 거기는 시간이 조금 흘러야 재미있는 부분이 나온다는 걸 아는 사람들은 대부분 전투 쪽에 시선을 뒀다.

그리고 그 와중에 가장 큰 싸움이 일어난 지역이 있었다.

열댓 명으로 시작해 최소 서른 명 이상의 유저가 뭉치게 된 지역.

거기엔 정설아가 있었다.

7

정설아가 컨트롤이 좋다는 것은 하늘이 알고 땅이 알고, 한시민도 알고 스페셜리스트도 알뿐더러 한시민의 방송을 본 시청자들도 대충은 알고 있다.

하지만 진정한 컨트롤에 대해 아는 건 오로지 스페셜리스트와 한시민뿐이다.

그럴 수밖에 없다. 만약 정설아가 초반에 한시민을 만나지 않았더라면, 스페셜리스트가 그들만의 스타일로 계속해서 성장해 두각을 드러낼 시기가 왔더라면 아마 판타스틱 월드를 플레이하는 유저들 중 절반 이상이 그녀를 판타스틱 월드에서 가장 컨트롤이 좋은 유저라 손꼽아 말했을 것이다.

게임을 플레이하지 않는 유저조차도 그녀의 플레이 영상만큼은 찾아볼 정도로 유명해졌겠지만 아쉽게도 그러지 못했다. 한시민의 존재감에 가려진 것이다.

그렇지 않아도 방송으로 실력을 드러내지 않는 스페셜리스트다. 그런 상황에서 가끔 모습을 보이는 한시민의 방송에서도 그의 화려한 버프들과 강화가 잘된 아이템들, 테이밍 된 몬스터들과의 전투가 대부분이니 순수한 그녀의 컨트롤이 돋보일 틈이 있을 리가 없다.

해서 서른 명의 유저가 서로 눈치만 보는 상황 속, 정설아는 그렇게 시청자들에게 돋보이는 존재는 아니었다.

아니, 돋보이긴 했지.

-스페셜리스트다.

-설아다.

-와, 진짜 예쁘다.

-아니, 저런 의상은 반칙이잖아. 그냥 지켜주고 싶네.

외모로, 몸매로.

야생의 섬에서 살아남기 위해 가장 간편한 옷차림을 갖추다 보니 그녀는 걸리적거리는 부분을 다 잘라내고 가릴 부분만 가린 채 묶은 상태였다.

새하얀 팔과 탄탄한 복근, 허벅지 밑으로 길게 뻗은 다리가 드러나는 그녀의 모습은 시청자들에게 있어 그저 외모에만 시선이 가게 하고 있었다.

그런 시청자가 대부분이었고 제작진 또한 시키지도 않은 짓을 함으로써 시청자들의 반응을 이끌어 내는 그녀의 모습에 박수를 치고 있었다.

물론 모든 시청자가 그렇지는 않았다. 그런 상황을 함께 즐기면서도 진짜 판타스틱 월드를 사랑하는, 서바이벌을 정말 제작 의도 그대로 최고의 유저가 누군지 확인하기 위해 생활마저 포기한 채 48시간을 함께 할 준비를 마친 시청자들은 그녀의 새하얀 속살보다는 다른 부분에 초점을 두었다.

힘들었지만.

-그런데 왜 단검이지?

-저분 마검사로 알고 있는데.

-장검이랑 단검 다루는 건 차이가 조금 있지 않나?

-그리 유리한 무기도 아닐 텐데.

정확한 지적. 한시민의 방송을 꼬박꼬박 잘 챙겨 본 시청자임을 증명하는 부분.

소통의 장에서 그렇게 던져진 한마디는 시청자들로 하여금 의문을 품게 하기 충분했다.

당연하다.

시작이 가장 중요한 서바이벌이다. 48시간이라는 제한된 시간. 그 속에서 최대한 빨리 남들과 격차를 벌리고 남을 견제하려면 남들과는 차별화된 유일한 것, 직업을 활용해야 하는 게 관점이고 그러기 위해 필요한 건 원래 쓰던, 손에 익은 무기다.

본 서버에서 사용하던 좋은 무기를 가져올 순 없지만 그래도 그나마 가장 비슷한 크기와 형태의 무기를 쓰는 건 당연한데 정설아는 단검을 선택했다.

어째서?

수많은 가정이 오갔지만 정확한 대답을 하는 이는 없었다. 정답을 아는 사람이 없으니까.

그런 난감한 상황을 정설아가 직접 풀어주었다.

묘한 대치 속, 서른 명의 유저가 눈치만 보는 그 상황 속에서.

긴장이라곤 하나도 보이지 않는 그녀가 가장 가까이에 있는 덩치 큰 남자를 향해 다가갔다.

낡고 허름한, 토끼나 한 마리 벨 수 있을지 의심이 되는 기본 단검을 장식처럼 대충 든 채.

그녀의 날 서지 않은 태도와 침을 절로 삼키게 만드는 외모는 그녀의 걸음을 막지 못하게 만들었다.

누가 봐도 뭘 어떻게 하려고 오는 것처럼 보이지는 않는다. 정설아의 흠잡을 데 없는 미모가 한눈에 가득 찰 정도의 거리까지 좁혀진 영광을 누리는 유저가 그건 가장 잘 알고 있다.

그의 손에 들려 있는, 과장해서 정설아의 덩치만 한 도끼를 보며 어느 정신 나간 사람이 싸워보겠다고 다가오겠는가.

모두가 스텟이 같은 상황이지만 그래도 기본적인 체형에서 오는 격차는 있다.

아니, 있다고 생각한다.

선입견.

거기에서 남자는 실수를 범했다.

'나에게 붙으려는 것이겠지?'

이상하지 않은, 50억을 생각하면 그런 오해도 뿌리쳐야 할 테지만 이상과 현실은 다르다.

의도치 않게 저런 미녀와 이런 서바이벌을 명분으로 친해지고 번호를 교환하고 우승 상금으로 해외여행을 간 뒤 연인으로 발전했을 때의 상황까지 상상하게 된다.

그거면 충분했다. 정설아에게는. 묘한 침묵과 대치를 깰 시간은.

세 걸음도 채 남지 않은 거리까지 좁혀진 이상 그녀의 손에 쥐어진 단검은 더 이상 다른 무기들에 비해 거리를 좁히기 힘든 불리한 무기가 아니다.

걸어오던 추진력을 이용한 정설아가 그대로 무릎을 굽힌 채 땅을 박차고 뛰어올라 단검을 역수로 쥐었다.

긴장을 아예 풀고 있었음에도 그 짧은 순간 본능적으로 들고 있는 도끼를 쥐어 올리려는 유저.

과연 판타스틱 월드 3천만 유저 중 최상위 500명만을 엄선하고 엄선해 뽑힌 유저다운 반응.

하지만 늦었다. 그가 뛰어난 만큼 정설아는 더 뛰어나다. 비록 다른 사람들에게 알려지지는 않았고 알릴 생각도 없었지만.

숨길 생각도 없었다. 뛰어오른 채 그대로 유저의 팔을 위로 걷어찬다.

들어 올리던 방향에 힘이 실리자 주체할 수 없이 하늘로 치솟아 오르는 유저의 팔. 동시에 그 자리에서 한 바퀴를 돌며 정설아의 단검이 유저의 목을 베고 지나간다.

그리고 그대로 다시 찍혀 버리는 단검.

푹-

"……."

아주 짧은 시간이었다.

지켜보던 나머지 스물여덟 명이 이 애매하고 쓰잘머리 없는 대치가 끝난 것을 인지하고 어떻게 해야 하는지 반응하기도 전에 벌어졌으니까.

그렇게 짧은 시간이었지만 정설아가 다시 바닥에 착지했을 때 확실하게 변한 건 있었다.

팟-

정설아의 몸에서 빛이 번쩍인 것과 모인 유저들의 수가 서른에서 스물아홉으로 줄었다는 것.

어째서 정설아의 몸이 빛난 것인지 모르는 판타스틱 월드 유저는 없다.

'2레벨!'

모두가 동등했던 서른 명의 유저가 모인 장소에 변화가 생겼다.

모두의 시선이 이제는 남들보다 강할 게 분명한, 그저 눈요기로만 생각했던 정설아에게 향했다.

하나 그 자리에 정설아는 없었다.

남들보다 먼저 판단하고 움직인 그녀는 지금 이 순간에도 마찬가지였다. 유저들이 정신을 차렸을 땐 이미 두 명의 유저가 또다시 바닥에 쓰러진 뒤였다.

정설아의 몸이 또 한 번 빛났다.

-저게 사람이냐.

-와, 컨트롤 좋은 거야 시민 방송에서 레이드 하는 거 가끔 보면서 알긴 했지만 버프빨에 강화빨인 줄 알았는데. 아니었네, 미친.

-아니, 아무리 그래도 그렇지 이게 가능한 일임? 무슨 난다 긴다 하는 랭커가 서른인데 한 명을 못 이기고 다 죽냐.

-솔직히 수준 차이가 너무 났다.

-무슨 말임. 게임 오픈 이후로 PK만 하고 다녔던 살인귀도 거기 있었는데.

-걔가 설아랑 싸울 땐 이미 레벨 차이가 5 이상 났잖음.

-사실 29:1로 싸워서 설아가 이긴 거임.

-ㅇㅈ. 지금 와서 보니까 그러네. 그냥 난장판 만들고 어떻게든 레벨 맞춰서 해봤으면 승산이 있을 수도 있었는데.

-개소리하지 마셈. 내가 다른 지역 봤는데 레벨 10까지는 스텟 변화 거의 없음. 아예 없다고 볼 순 없겠지만 숫자 차이 보면 순전히 그냥 실력 차이임. 게다가 여긴 레벨 업 회복 버프도 없는데.

방송을 보던 시청자들은 난리가 났다. 난리가 날 수밖에 없었다.

-걸크러쉬란 이런 게 아닐까.

-미쳤다. 아니, 저기 기본 스텟이 얼마기에 저런 동작이 가능한 거지?

-그냥 영화인 줄.

그냥 가만히만 서 있어도 유저들이 알아서 반할 정설아다. 그런데 거기서 이 프로그램에 가장 맞는 모습을 선보이며 서른의 유저들을 전부 제압해 버렸다.

홀로.

혼자만의 컨트롤로.

낡고 이가 빠진 단검 하나만 들고.

그 어떤 보정도 없었다. 위험한 경쟁자임을 인식하고 일시적이나마 동맹을 맺고 달려든 스물여덟의 유저의 비겁함이 앞에 있음에도 조금도 망설이지 않고 두려워하지 않고 하나씩 베어 넘겼다.

그 과정에서 지나간 1시간이란 시간은 시청자들에게 전혀 길지 않았다.

오히려 짧았다. 몇몇 유저는 촬영 녹화본을 바로 상기하기 위해 옆에 틀어서 감상하기도 했다.

두 번, 세 번.

볼 때마다 감탄스러운 군더더기 없는 그녀의 움직임.

게임 초기, 한시민이 감탄했던 필요한 움직임만으로 공격을 피해 가는 예술 같은 움직임을 드디어 수천만 시청자가 감상할 수 있었다.

어쩌면 이번 서바이벌에서 가장 분기점이 될 지역이었다.

이 지역에서의 판도가 어떻게 되느냐에 따라 나머지 470명에게 영향이 갈 수도 있었다. 그런데 거기서 정설아가 깔끔하게 정리했다.

물론 나머지 470명에겐 아주 깔끔하지 못한 최악의 결과였다. 서바이벌에서 가장 가치 있고 레벨 올리기 쉬운 먹잇감을, 499개밖에 없는 한정된 경험치를 정설아는 벌써 30이나 흡수한 상태니까.

초반의 격차가 벌써 벌어졌다. 안타까운 건 섬에 있는 유저들은 그러한 사실조차 알 수 없다는 것이다.

시청자들의 40% 이상이 그 이후 정설아의 화면에 시선을 고정했다. 여전히 섬엔 400이 넘는 유저들이 존재하지만.

-기대된다.

-그냥 컨트롤만 잘하는 게 아님.

-ㅇㅇ. 싸움 전문가인 내가 분석했을 때 이 여자는 게임을 할 줄 안다.

그녀의 시선을 따라가는 것만으로도 충분했으니까. 충분할 것이란 확신이 들었으니까.

-진짜 몸매는…… 와.

가장 큰 이유는 아마 따로 있겠지만.

⑧

단연코 이번 서바이벌에서 가장 많은 사람이 관심을 갖는 유저가 있다면 한시민을 꼽을 것이다.

판타스틱 월드의 대륙 판도를 자기 맘대로 뒤집는 실세.

유저 최초 작위를 따고 황제의 사위가 되었으며 황녀와 밤마다 뜨거운 사랑을 나누고 드래곤을 테이밍한 채 마계에 가서 컨텐츠를 찍고 마왕과 천왕을 이용해 메인 퀘스트까지 바꿔 버리는 말도 안 되는 업적을 갈아 치우고 있는 유저.

그런 유저의 처음은 어땠을까.

기대가 됐다.

강화사의 처음. 무엇으로 성장할까?

기대가 될 수밖에 없다.

그의 배경이나 다름이 없는 테이밍된 몬스터들이 없음에도, 15강 번쩍이는 무기와 방어구들이 없음에도. 단지 강화사라는 이유만으로.

그래서 많은 유저가 한시민을 지켜봤다. 마무리되는 정설아의 전투 장면들도 마다한 채.

하나 시간이 흐르면서, 그냥 망치만 들고 여기저기 도망만 치는 모습을 보며 하나둘 떠나가기 시작했다.

자연스러운 현상이었다. 그런 모습을 굳이 보고 있지 않아도 재미있는 장면은 널려 있었으니까.

그렇게 한시민을 지켜보는 시청자의 수는 점점 줄어들었다. 그러거나 말거나 한시민은 죽어라 도망만 다녔다.

9

고생 끝에 낙이 온다고 했다. 서바이벌이 시작된 지 다섯 시간 만에 한시민은 희망을 찾았다.

남들은 이미 레벨 1을 벗어나고 도약하기 위한 발판을 모두 준비할 동안 아직도 레벨 1이었지만 조급해하지 않았다.

"미친, 무슨 1레벨 몬스터가 섬에 이렇게 없어."

찾았으면 된 거다.

찾으러 돌아다니다 객사할 뻔한 상황이 한두 번이 아니었지만 이 대회의 상금이 50억이라는 사실을 상기하고 또 상기하면서 바퀴벌레처럼 끈질기게 살아남았다.

그 결실을 이룰 시간이다.

한시민이 아끼고 아끼던 강화석 세 개를 꺼내 들었다. 만약 1레벨 몬스터를 찾지 못했으면 어디에든 협상을 위해 썼을 강화석이다. 하지만 찾았고 곧장 망치에 강화를 시도했다.

번쩍이는 빛, 3강이 된 망치.

그리고 몇 시간 만에 겨우 찾은 1레벨 몬스터를 향해 걸음을 옮겼다.

마음 같아선 달려들어 마음껏 휘젓고 싶지만 아쉽게도 그러기엔 지금 그의 스텟과 상황을 보면 바로 죽지나 않으면 다행.

자존심을 버리고 한 마리만 유인한다. 기껏해야 인간 덩치의 반의반도 되지 않는 들개처럼 생긴 짐승이 순순히 따라왔다.

어느 정도 동료들과 거리가 떨어져 있다는 판단이 들 정도의 거리까지 오자 한시민은 그제야 망치를 휘둘렀다.

정설아가 동레벨 유저들을 학살했던 그림과 비교하면 하품이 나올 정도의 생사를 건 전투가 시작됐다.

1레벨 몬스터는 당연히 유저들에게 있어 사냥의 대상이 아니다.

섬에 존재하는 수많은 몬스터의 수준이 유저들의 수준에 맞추어 꽤 높게 설정되어 있다 하더라도 저레벨 구간에서 이미 수많은 전투 지식을 쌓아오고, 몸에 익혀온 유저들에게 제한된 시간 속 빠르게 성장하기 위한 수단으로 동레벨의 몬스터를 잡는 것은 배제할 수밖에 없으니까.

게다가 한시민이 1레벨 몬스터들이 서식하는 지역에 도착했을 땐 이미 서바이벌이 시작된 지 다섯 시간이 훌쩍 넘은 시간.

이쪽으론 고개도 돌리지 않을 구간. 해서 한시민은 뒤통수 걱정 없이 온전히 몬스터와의 사투를 벌일 수 있었다.

그래도 타고난 센스가 정설아만큼은 아니더라도 있어 고작 1레벨 몬스터와 싸우다 죽는 쪽은 당하지 않을 수 있었고 착실하게 한 마리씩 사냥하며 레벨을 올릴 수 있었다.

세 마리를 잡고 오른 레벨. 정설아가 유저 한 명을 잡고 레벨을 올린 것을 생각하면 확실히 몬스터가 이번 서바이벌에서 갖는 의미가 어느 정도인지 보여주는 지표.

2에서 3, 3에서 4는 더 힘들 것이다. 하나 한시민은 불평하지 않았다.

2가 되자마자 망치도 내렸다. 사냥한 그 30분마저도 아까워하는 그다.

"원래 내 직업은 사냥하는 직업은 아니지."

필요한 최소한의 레벨이라서 했을 뿐이다. 조건을 맞춘 한 시민이 두 번째 직업을 꺼내 들었다.

시간은 빠르게 흘렀다. 48시간이라는 제한 시간, 잠을 자는 건 자유지만 그건 곧 50억을 포기하겠다는 말이나 다름이 없는 상황.

유저들에게 이틀간 밤새야 한다는 것은 큰 압박으로 다가올 수밖에 없지만 그럼에도 유저들은 정신력을 놓지 않고 열심히 달렸다.

게다가 24시간 정도는 워낙 판타스틱 월드에서 단련되었기에 안 자고 버티는 것 정도야 어렵지 않다.

적어도 서바이벌에 참여한 유저들에겐 잠이 우승에 방해가 될 요소는 아니라는 뜻.

보는 시청자들이 힘들면 힘들겠지.

실제로 24시간을 기점으로 시청자들의 채팅이 줄어들기 시작했다. 버티고자 하지만 수면이란 쉽게 버틸 수 있는 게 아니니까.

게다가 서바이벌에 참여한 유저들의 행동 패턴 또한 초반과는 많이 달라진 상태.

어떻게든 만나면 적과의 사이즈를 재보고 될 수 있으면 무기부터 휘두르던 때와 달리 24시간이 지났을 땐 눈치 보기에 바빴다.

그럴 수밖에 없다. 제한된 시간의 반이나 흐른 시점에서 상대의 전력을 가늠하기 힘들뿐더러 이제 막 성장에 가속이 붙기 시작한 상황에서 굳이 다른 유저와 싸워 자신의 발전을 더디게 할 필요가 전혀 없기 때문.

어찌 됐든 참여한 유저들 전원은 적어도 내가 우승할 가능성이 아예 없다고 보지는 않는다.

직업의 유불리 정도야 팀을 꾸려 극복할 수 있고 또 어떤 변수가 존재할지 모르는 섬이니까.

싸우기보다 성장을 택한다. 팀을 짤 사람들은 팀을 짜고 원래 팀이었던 유저들은 자신의 팀원들을 만났다. 그러다 보니 지루해질 수밖에 없다.

물론 그런 방향을 좋아하는 시청자도 많았다.

-와, 저 조합을 판월에서는 못 보겠지?

-저 셋이 뭉치다니. 레이드 하는 거 봐라. 저 몬스터 판월에선 최

소 36인 원정대로 잡는 몬스터인데. 셋이서 그냥 뚜드려 패네.

유저 간의 전투보단 거대한 몬스터들과의 전투에 관심이 더 많은 시청자도 분명 있었으니까.

그렇게 다들 어느 정도 궤도에 올라 서바이벌의 요소들을 최대한으로 활용하는 가운데 스페셜리스트 또한 한자리에 모였다.

“시민 오빠는?”

“아직.”

한시민을 제외하고.

그들은 선택해야 했다.

“어떻게 하지?”

“할 거 하자. 어차피 마지막엔 서로 싸워야 하는데.”

“그래.”

선택의 고민은 길지 않았다. 단호하고 확고한 결정. 거기엔 이미 서바이벌 전 합의가 바탕이 되어 있었다.

“같이 다니면 좋긴 할 텐데. 시민 오빠는 또 어디서 어떻게든 말도 안 되는 꼼수 생각해 냈겠지?”

“어차피 그놈은 마지막에 개인전 하자고 했잖아. 이기려면 같이 안 크는 게 중요해.”

“이벤트니까 너무 신경 쓰지 말고 하자.”

누구나 우승을 가정하고 생각한다.

만약 우승했을 경우, 50억을 넷이서 먹을 것이냐 마느냐의 문제로 잠깐 대화를 나눴었고 한시민의 의견은 개인전으로 가서 결정을 내자였다.

3:1.

동등한 수준으로 성장했을 때 당연히 3이 유리할 수밖에 없지만 한시민은 정설아조차도 도저히 예측할 수 없는 사람이기에 그렇게 결말이 나올 게 분명하다면 시작부터 함께하지 않는 게 훨씬 좋다. 강화사와 테이머의 한계는 분명 초반에 존재할 테니까.

미안함이나 죄책감을 느끼지는 않았다. 한시민이 팀을 버리고 개인전으로 결말을 내자고 제안한 것 역시 50억이라는 큰 돈에 대한 욕심을 보임과 동시에 이것을 단순한 이벤트임을 인지하고 있음을 뜻하니까.

그냥 게임일 뿐이다. 재미로 하는.

"언니, 우리가 이기려면 제일 먼저 시민 오빠부터 찾아서 크기 전에 조져야 하지 않을까?"

"……너 시민 씨 좋아한다면서."

"에이, 그건 그거고 이건 이거지. 0과 4 몰라? 내가 돈 벌어서 그걸로 꼬시는 편이 훨씬 빠를걸?"

재미의 기준이 우승했을 때라는 점만 제외한다면.

10

시간은 또 흐르고 흘렀다. 12시간이 남은 시점부터는 유저들이 움직이기 시작했다.

48시간이라는 짧은 시간 동안 성장하면 얼마나 성장하겠느냐는 일부 시청자의 의견이 무색하게 유저들은 불과 36시간 전과는 비교할 수 없을 정도로 성장했다.

작은 몬스터 하나 못 잡아 도망치던 유저는 찾아볼 수 없고 적대적인 관계지만 일시적 동맹을 맺고 상공을 누비는 미니 드래곤을 레이드 할 정도로.

시청자들에게 있어 아주 훌륭한 볼거리였다. 1분 1초가 아깝지 않은 시간이었고 기승전결이 확실한 드라마이자 영화였다.

남은 건 이제 마무리, 최후의 승자.

유저들은 물론이고 시청자들마저도 궁금해하는 50억의 주인공.

누가 될 것인가.

누구도 예측할 수 없다. 특히 강력한 우승 후보였던 스페셜리스트가 한시민을 제외하고 따로 행동하는 걸 본 순간 더더욱 그랬다.

그래서 더 재미있다. 예측할 수 없으니까.

혼돈의 도가니.

이제부터 시작되는 무차별 PK와 더불어 섬 외곽부터 진행되는 자연재해.

일본의 옛날 서바이벌 영화를 모티브로 한 컨셉은 방송을 보는 사람들의 긴장감을 더더욱 고조시킨다.

결국 남게 되는 건 한 팀뿐이다. 최후의 순간을 위해 전력을 비축해야 할 유저들은 최대한 몸을 숨기면서 끌어올릴 수 있는 것들을 끌어올리고 준비를 마친 유저들은 다른 경쟁자들을 줄이기 위해 모아둔 포인트들을 아끼지 않는다.

그 속에서 단연 빛나는 건 역시 스페셜리스트였다. 한시민이 없지만.

없음에도 이번 서바이벌에서 그들은 확실하게 보여줬다. 그들이 대륙에 이름을 날릴 수 있었던 건 오로지 한시민의 버스를 탔기 때문만은 아니라는 걸.

원래 게임에서도 유명했던 그들의 플레이를 낱낱이 공개한다. 온 세상에.

알던 유저들이야 뿌듯해하며 보고 모르던 유저들은 그들에 대해 검색하고 관심을 갖는다.

그리고 이번 서바이벌의 최대 유망주에게도 시선이 결국엔 닿았다.

이제 100 남짓 남은 유저들 사이에서 초반 시청자들의 이탈을 방관했던 그, 한시민.

-아직 살아 있네?

-뭐야, 한 3시간 봤을 땐 그냥 돌아다니다가 뒈질 줄 알고 안 봤는데.

초라하게 망치 하나 든 채 섬을 배회하던 36시간 전의 그는 없었다.

-멍청이들ㅋㅋ 시알못들아. 이거 다시보기로 시민 초점 맞춰서 다섯 번 정독하고 개인 방송에서 보자. 쯧쯧.

-ㄹㅇ 개꿀잼. 다른 뻔한 유저들 화면 보는 것보다 200만 배는 재미있었다.

-솔직히 난 초반 빌빌대는 것조차 재미있었다. 성장할 걸 아니까 기다리는 맛이랄까.

-ㅋㅋㅋㅋㅋㅋㅋㅋㅋㅋㅋㅋㅋㅋㅋㅋㅋㅋㅋㅋ 진심 사설 서버니까 이 직업들 시너지가 말도 안 되네. 이거 말이 되는 거냐.

-애당초 유저들한테 상점 시스템을 제공하면 안 되는 거였음ㅋㅋ

그리고 몇 안 되는, 절대적인 숫자로 보면 많지만 다른 유저들의 화면에 집중하던 사람들에 비하면 얼마 되지 않는 한시민 팬들의 놀림과 함께 그의 모습이 클로징되었다.

머리부터 발끝까지 진홍빛으로 빛나는 장비들.

눈을 제외하고는 살이 보이지 않는 번쩍번쩍한 장비들에 낡고 허름한 망치 대신 한 번 휘두르면 바위도 부술 수 있을 것만 같은 거대한 망치.

그걸 아무렇지도 않게 한 손으로 든 채 어깨에 걸치고 있는 한시민의 위용!

거기에 그 뒤를 따르는 수백의 몬스터.

-……저게 다 뭐냐.

-혼자 프리 판월하다 왔냐.

-??????????

몬스터들마저 온몸에서 광채가 나고 있었다. 그냥 내버려 둬도 한 마리도 잡을 수 있을까 말까 싶은 거대하고 레벨이 높아 보이는 몬스터들인데.

"헉! 뭐야!"

놀란 건 시청자들뿐만이 아니었다. 지나가던 유저도 놀랐다. 그리고 그 놀람이 전투태세로 전환되기도 전에 하늘에서 벼락이 쏟아졌다.

콰콰콰쾅!

"으아악!"

비단 놀란 유저뿐 아니라 일행으로 다니던 유저 다섯 명마저 한 번의 마법에 녹다운되는 어이없는 상황!

"크, 역시 진정한 간지는 광역기에서 나오지."

거기서 태평한 건 오로지 한시민뿐이었다.

11

강화는 보기엔 복잡하다. 아주 복잡하고 머리가 아프다.

특히 강화 시스템을 처음 보는 유저라면 실패 시 아이템 파괴라는 단어가 거슬릴 수밖에 없다.

자신의 아이템.

그걸 의지와는 관계없이 빼앗긴다는 건 스트레스를 풀기 위해 게임을 시작한 유저에게 아주 말도 안 되고 어이가 없는 시스템일 테니까.

특히 현실에서도 원치 않게 세금이니 뭐니 월급만 받으면 만져 보기도 전에 다 빠져나가는 세상에 살고 있는 현대인에겐 더더욱 강화는 가까이하고 싶지 않은 시스템임이 분명하다.

게다가 강화를 성공하고 실패하는 것 또한 본인의 노력 여부와 1도 관계가 없다.

클릭 한 번에 운이 개입되고 성공과 실패가 결정된다. 도박을 좋아하는 사람들이야 강화에 미쳐 돈을 처박지 평범하게 게임을 즐기는 유저들에겐 시선이 쉽게 가지 않는 가장 큰 이유.

하지만 그런 강화를 조금이라도 아는 유저들은 말한다. 강화는 결코 어려운 게 아니라고.

간단하게 풀어 한마디로 정의할 수 있다고.

하이 리스크 하이 리턴.

낮은 확률에 배팅할수록 보상은 높다. 실패라는 최소한의 확률에 동전을 던지는 순간 플레이어는 어떻게 되어서든 보상을 받게 되어 있다.

그 확률의 고저에 따라 달라지겠지만.

그리고 한시민은 그 확률을 마음대로 조절할 줄 아는 사람이다. 자의로 한다기보다 사고로 생긴 초능력에 의한 것이지만 어쨌든.

다른 게임에서도 그렇고 베타고가 직접 관리하는 판타스틱 월드에서도 그렇고 강화에 있어 그는 져 본 적이 없다.

그런데 여긴 판타스틱 월드도 아니고 그냥 서버를 본 따 만든 사설 임시 서버일 뿐이다. 베타고가 치밀하게 만든 시스템을 빼 와 제작진이 변경했고 거기에 시청자들이 이해하기 편하게 시스템을 간략화했다.

그게 한시민에게 있어 초반만 넘기면 어떻게든 우승할 수 있으리란 확신을 갖게 할 수 있었던 요소였다.

상점에서 강화석을 팔고 강화석을 살 포인트는 몬스터를 잡아 얻을 수 있다. 구매 개수가 제한되어 있지도 않으며 구매할 장소 또한 정해져 있지 않다.

거기에 몬스터들을 대량으로 잡아 포인트를 벌어들일 보조 직업 또한 훌륭하게 갖춰져 있다.

시작이 생각보다는 조금 더, 아니, 아주 많이 치열했지만 약 3시간의 사투 끝에 기반을 만든 한시민에게 있어 그다음부터는 탄탄대로였다.

판타스틱 월드에 비해 필요한 의식도 적고 장소 또한 구체적이지 않다.

베타고가 그에게 씌웠던 굴레에 비하면 이건 그냥 뭐 집구석에서 온갖 똥폼을 잡아가며 강화하던 그 시절보다 더 쉽다고 말할 수 있을 정도였다.

프리 판타스틱 월드, 사설 서버.

유저들이 만들어 조금 더 편리하고 쉬운 난이도로 게임을 즐길 수 있도록 만들어진 느낌.

물론 진짜 그런 사설 서버가 있지는 않다. 하나 이벤트로 열렸고 한시민은 거기서 겸손이니 능력을 숨기니 본 게임이 아니니 내 것이 아니라고 함부로 남용하지 않겠느니 하는 주접을

떨지 않았다.

그는 주면 감사히 쓰는 성격이다.

언제 또 이런 경험을 하겠는가.

근 1년 반 동안 잠을 잔 시간을 다 합쳐도 50일이 채 될까 싶을 정도로 열심히 게임 했는데도 고작 비겁한 수로 계약을 맺고 드래곤을 데리고 다니거나 어떻게 얻은 드래곤을 쓰기 위해서는 돈을 내야 하는 거지 같은 상황이 아니던가.

여기서라도 생각했던 걸 마음껏 펼쳐 보리라.

화려한 퍼포먼스를 선보이고 50억도 먹고 방송 고정 시청자 수도 늘리고 광고 수도 팍팍 늘리고…….

어쨌든 꿈은 이루어졌다.

쥐 죽은 듯 성장의 발판을 마련한 한시민은 남들보다는 성장하는 데 필요한 시간이 길어졌지만 어느 시점이 지나자 가파른 수직 곡선으로 상승하며 남들과는 다른 성장을 선보였다.

그 결과가 이거다.

어느 순간 상점에서 구매할 수 있는 최고 장비들을 구매해 15강을 둘둘 두른 채 남는 강화석으로 몬스터들까지 무장하고 제작진이 유저들로 하여금 우리가 얼마나 이 섬을 공들여 만들어 놓았는지 몸소 느껴보라고, 깨지도 못하게 배치한 보스 몬스터들을 잡는 것도 모자라 테이밍까지 했다.

당연히 레벨은 최고 레벨을 달성했고 섬 외곽부터 서서히 조여 오는 시스템 대미지로부터도 안전할 정도로 커버렸다.

한시민이 위풍당당한 걸음을 옮겼다.

판월에서는 몰라도 적어도 여기에선 마왕하고 천왕이 손을 잡고 덤벼들어도 이길 수 있을 것 같은 자신감이 넘쳤다.

스페셜리스트도 레벨로는 만렙을 달성했다.

정말 말도 안 되는 성장력이다. 거기엔 파티의 조화와 그들의 호흡, 그리고 압도적인 정설아의 컨트롤이 바탕이 되었다.

레벨 차이가 30 이상 나는 네임드 몬스터 격파 및 빠른 장비 구매와 함께 이어지는 레이드.

3시간이 남았을 때 열이 채 되지 않는 만렙이라는 점에서 이미 남들과 다른 성장력을 보여줬다는 걸 충분히 인증받은 상황.

물론 서바이벌은 레벨이 전부는 아니다. 판타스틱 월드가 그러하듯.

압도적인 전력의 차이란 쉽게 존재하지 않는다.

눈에 띄게 벌어진 격차는 수적 우위로 잠재운다.

그 대표적인 명사가 켄지지만 그는 이번 서바이벌에 모습을 보이지 않았고 대신 50여 명이 넘는 대규모 집단이 스페셜리스트와 대치했다.

이제 남은 건 그들과 몇 안 되는 고수.

묘한 침묵이 흘렀다. 전투 전 가늠하는 것이다.

최후의 최후까지 전투를 미룰 것인가. 여기서 스페셜리스트와 싸우는 게 맞는가.

하지만 둘은 결국 피하지 않았다.

어떻게든 승자가 이번 서바이벌에서 우승하게 되리라.

남은 유저들 또한 강하지만 그들끼리도 싸우게 될 것이고 남아 있는 지역이 얼마 되지 않는다. 그들마저 섞여 혼란을 빚는다면 오히려 더 변수가 쏟아질지도 모른다.

스페셜리스트야 당연히 싸움을 피하지 않았고. 판타스틱 월드에서보다 훨씬 더 화려하고 강력한 공격들이 쏟아졌다.

한시민에 가려 돋보이기 힘들었던 탱커, 힐러, 딜러의 완벽한 조합을 갖춘 스페셜리스트조차 힘든 기색이 역력할 정도로 밀렸다.

개개인의 전력은 확연히 스페셜리스트가 좋지만 이번 게임은 너무나도 상향 평준화가 쉬운 서바이벌이었다.

열 배가 넘는 수적 우위는 아쉽게도 그 이점을 단점으로 바꾸어버리기 충분했다.

절망적인 상황.

"이겼다!"

승리를 직감한 상대편에서 스페셜리스트를 둘러싸고 마지막 일격을 가하려던 찰나.

"크롸롸롸롸롸롸!"

저 창공 높은 곳, 지축을 울리는 괴성과 함께.

콰콰콰콰콰콰!

일대를 휩쓰는 브레스가 쏟아져 내렸다.

문제가 있다면.

"꺄악! 뭐야! 미친!"

브레스에 피아가 없다는 것 정도와.

"뭐야, 여기 내가 제일 경계해야 할 경쟁자들이 있잖아?"

스페셜리스트는 현재 한시민의 아군이 아니라는 것 정도랄까.

온갖 좋은 장비를 둘렀음에도 겨우 숨만 붙이고 있는 셋이 황당한 시선으로 유유자적 걸어오는 한시민을 보았다.

"……와, 진짜 너무 사기잖아. 그래도 여기선 이길 수 있을 거라 생각했는데."

"강화사 너프 좀."

"……."

상황을 파악하는 데에 오랜 시간이 걸리지 않았다.

그냥 결과가 모든 걸 말해주고 있지 않은가.

고수일수록, 특히 스페셜리스트처럼 정점을 찍은 이들일수록 상황 판단이 빠르다.

뭐 똑똑하다거나 게임에 대한 이해도가 높은 건 둘째 치고 위에서 보고 있기 때문이다.

1%의 대미지 상승을 위해 스펙 업을 어떻게 해야 할지 수학적으로 계산하는 수준에서 본 한시민은 지난 40시간이 넘는 고생을 한순간에 그냥 애들 장난으로 만들어버린 것이나 다름이 없으니.

물론 포기하지는 않았다.

"오빠, 사랑해."

"다음 생에 사랑하자."

"아니, 우리 함께해야지."

"뭐라고? 어디서 개가 짖나."

"……."

"야, 시민아. 진정하고 우리 대화로 풀자. 더도 말고 덜도 말고 딱 1억씩만 가질게."

"응, 싫어."

애절한 호소가 먹혀들지 않아서 문제였지만.

"시민 씨……."

마지막 보루.

글썽이는 정설아의 눈빛마저도 아쉽게도 50억 앞에선 무용

지물이었다.

“고생하셨는데 들어가서 쉬세요.”

그래도 한시민은 마지막 자비는 베풀었다.

멋있게 뒤를 돌아본 채 시선도 주지 않고 걸어가는 그의 뒤처리를 하는 몬스터들.

본섭에서의 생사를 함께 할 팀원들마저도 공과 사를 구분하며 죽여 버리는 인성이 전 세계에 공개되었다.

-ㅋㅋㅋ 길드원도 버리는 인성.

-ㄹㅇ 인성 쓰레기다.

-알고는 있었지만…….

양파처럼 까도, 까도 끝이 없는 인성의 소유자.

그런 한시민이 시크하게 한마디 던지며 사라졌다.

“차라리 지금 죽는 게 나을 거예요.”

이벤트가 1시간 남았을 때, 남은 서른 남짓한 유저들은 섬 중앙에 모일 수밖에 없었다.

이제는 승부를 가려야 할 때긴 하지만 뭐랄까.

"……."

"……."

마지막에 나와야 할 특유의 긴장감이 넘실거리지 않았다. 이질적이고 이상하리만치 오히려 긴장이 풀려 있다.

그 이유는 아마 유저 수보다 많은 몬스터의 숫자 때문이겠지.

그리고 그 가운데서 어느덧 망치 대신 그의 키보다 큰 지팡이를 들고 있는 한시민 때문이기도 하겠고.

한시민이 중얼거렸다.

"그래, 뭐. 이런 쓸데없는 직업들이면 어때. 이것들로 열심히 돈 벌어서 광역기 쓸 수 있는 무기를 사서 강화하면 되지. 판타스틱 월드에서도 그런 것 좀 구해봐야겠다. 지팡이에 9서클 메테오 같은 마법이 각인된 지팡이라든지."

"……."

말을 중얼거림과 함께 마법을 시전한다. 동시에 몬스터들도 유저들에게 달려든다.

섬 전체를 찍고 있는 카메라부터 마지막 장면을 찍는 카메라들까지.

순식간에 화면이 가려졌다.

온갖 마법의 향연에 시야가 가려진 것.

그 속에서 들려오는 소리는 난잡하지 않았다.

쾅-!

거대한 폭발.

단 한 번이었다.

그리고 보이는 장면은 입이 절로 벌어질 수밖에 없는 경악이었다.

한 바퀴 돌려면 며칠은 걸릴 것처럼 넓던 섬. 그 섬이 증발했다. 그리고 그 자리에 바닷물이 그림처럼 밀려들어 온다.

멀쩡히 서 있는 존재는 오직 하나, 한시민뿐이었다.

테이밍한 몬스터들마저 날려 버리며 서바이벌은 끝이 났다.

자본주의가 낳은 괴물의 승리로.

12

변수 없이 끝난 서바이벌은 많은 논란을 낳았다.

-마무리가 영…….

-무슨 사기 아니냐. 말도 안 되는 밸런스네.

-본 대륙에선 저 정도까진 아닌 거 같은데. 버그 쓴 거 아님?

그들이 원하는 결말이 나오지 않아 불만인 사람들부터.

-대박 꿀잼이네. 솔직히 이런 거 원했다.

-나 ㄹㅇ 48시간 안 잘 준비 다 해놓고 졸려서 진심 눈깔 뽑고 싶었는데 30시간부터 시민 시점 보면서 단 한 순간도 안 졸았다. 심지어 서바이벌 끝나고 다시 시민 시점으로 처음부터 돌려 보는 중ㅋㅋㅋ개꿀잼.

-이런 게 이벤트전이지.

-시민이 살렸다.

90% 이상을 차지하는 꿀잼이었다는 의견까지.

어찌 됐든 시청률은 하늘을 뚫었고 방송사는 방긋 웃었다. 한시민 또한 웃었고.

상금을 받는 자리에서, 상금을 전액 지원하기로 한 고글사의 사장과의 악수에서 한시민이 슬쩍 물어보는 것도 잊지 않았다.

"혹시 상으로 뭐 여기서 얻은 힘의 1% 정도라든가 스텟의 10% 정도라든가 본 서버에 적용은 안 되겠죠?"

"예, 베타고의 권한에 접근할 힘이 없습니다."

"에휴."

행복은 잠시였다. 다시 광역기 따위는 없는, 망치 들고 강화나 하러 다니는 삶에, 현실로 복귀할 시간이었으니까.

Episode 60.
가족 같은 분위기란

1

기나긴 여행에서 돌아온 기분이다.

한시민이 여운을 떨쳐 버리지 못하고 눈을 감은 채 짜릿했던 그 순간들을 상기했다.

확실히 최대한 비슷하게 만들어 놓았지만 베타고 유무의 차이는 한시민에게 엿을 먹일 수 있는 존재가 있느냐 없느냐의 차이를 만들어냈고, 그 결과 한시민은 프리 판타스틱 월드를 즐기듯 편안하게 원하는 걸 다 이루어 가면서 게임을 플레이할 수 있었다.

뭐, 결국엔 아무도 그에게 신경을 쓰지 않고 다들 자신의 할 것에 초반에 집중한 덕분이긴 하지만.

어쨌든 돈을 받았으니 꿈에서 깨기로 했다.

마지막으로 그때의 여운을 다시 한번 느끼며 앞으로 판타스틱 월드 내에서 그가 나아갈 방향에 대해 결정 또한 했다.

물론 대륙에 9서클 마법이 담긴 아티펙트 따위가 있을 리가 없다.

만들어내려고 한다면 필요한 돈은 그가 지금까지 벌어들인 돈들을 한 번에 잃을 수 있다는 각오 정도는 해야 시도라도 해 볼 법하겠지.

해서 꿈인 것이다. 현실로 돌아왔다는 뜻이 그것이고.

한숨을 내쉬며 어디론가 전화를 건다. 켄지에게 소개받아 구한 그의 전용 재산 관리팀.

이제는 현금이 백억 가까이 있고 부동산으로만 재벌이라고 해도 이상하지 않을 정도로 많은 돈을 가지고 있다 보니 세금 문제를 생각해서라도 관리팀을 두는 게 맞다고 판단했고 켄지 또한 그래서 추천해 주었다.

어떻게 보면 악연이라면 악연이지만 공과 사를 구분하는 한 시민과 같은 성향이랄까.

"현금은 통장에 한 20억만 두고 나머진 다 건물이나 이런 거 사 주세요. 알아서 잘 해주세요."

이번 서바이벌 이전 떠났던 여행에서 느낀 바가 많았던 한 시민의 결단.

많은 현금보단 부동산으로 들고 있겠다. 어차피 그의 눈으로 볼 수 없는 건 마찬가지지만 통장에 찍힌 숫자보다는 그래도 가면 확인할 수 있는 건물 같은 게 훨씬 미래를 위해서도 좋고 수익을 위해서도 좋을 테니까.

그뿐이랴.

어딜 가든 내 집이 있다는 마음가짐은 심신의 안정을 가져다준다.

길 가다가 사람들이 하루에도 수천 명씩 들락거리는 건물이 내 건물이라고 생각해 보라!

얼마나 어깨가 으쓱하겠는가.

그달 말에 들어올 월세들을 생각하면 콧대마저 치켜 설 것이다.

그렇기에 마인드를 바꿔 과감한 투자를 결정했다.

그러곤 곧장 게임에 접속했다.

마인드는 조금 바뀌었지만 그래도 돈에 대한 그의 철학은 확고하다.

"돈 벌자, 돈."

할 게 여전히 너무나도 많다.

한시민은 접속하자마자 곧장 황녀를 찾아갔다.

"서방님!"

서바이벌이다 뭐다 또 며칠 자리를 비운 것에 몇 년은 못 본 사람처럼 달려들어 안기는 황녀.

여전히 풋풋함이 가득한, 하지만 그 속에서 아직 스물도 안 된 처자에게선 볼 수 없는 성숙함마저 배어 있는 매력적인 여자.

단연 몸매가 특출해서가 아니다. 어려서부터 대륙을 짊어지는 법을 황제에게서 어깨너머로 봐왔기 때문.

그녀의 행동 하나하나엔 동 나잇대의 애교도 보일뿐더러 그 애교 속엔 철없는 가벼움뿐이지만은 않다.

그래서 더 예쁘다. 게임 속 캐릭터인 걸 알면서도 한시민이 단순히 프린세스메이커나 하는 기분으로 그녀를 대하지 않는 이유고.

'나보다 더 어른 같단 말이지.'

부정할 수 없는 현실이기에 의식하지 않아도 그렇게 행동한다. 아무리 데이터뿐인 NPC라고 해도 말 한마디에 섞여 있는 인생의 연륜이 한시민보다 깊은 것 같은데 어찌 그렇게 쉽게 생각하겠는가.

쉽게 생각하지는 않는 대신 그녀를 향한 말은 제법 쉽게 했다.

"여보, 결혼반지 좀 줘."

"네!"

이유에 대한 설명이라고는 눈곱만큼도 찾아볼 수 없는 일방적인 요구. 맡겨놓은 사람처럼 손바닥을 내미는 게 한 대 때려주고 싶을 정도로 얄밉다.

하지만 황녀는 그런 한시민의 뻔뻔한 요구에도 불구하고 한 치의 망설임과 의문도 없이 한시민에게 받은 이래 단 한 번도 빼지 않았던 반지를 손가락에서 빼내 그의 손바닥에 올렸다.

그러곤 묻지 않았다.

그것이 의미하는 바는 하나다. 절대적인 신뢰.

이 반지를 달라 한 이유가 분명 있을 것이다. 그리고 그 이유는 굳이 설명할 필요가 없기 때문이거나 그녀에게 말 못 할 사정일 것이다.

정말 웬만큼 믿지 않으면 불가능한 선택이다. 황녀 또한 사람이니까. 사람이란 언제나 궁금하게 마련이다. 특히 사랑하는 사람에게라면 더더욱.

사랑하는 사람이 뭘 하는지 모르는 걸 일분일초도 견디지 못하는 사람도 많은데 하필이면 둘의 사랑을 증명하는 결혼반지를, 한마디의 설명도 없이 달라고 하는 남자에게 의문이 생기지 않을 리가 있겠나.

"안 물어봐?"

"알아서 말씀해 주실 거라고 믿어요. 아니면 제게 말씀하지 못하는 사정이시거나."

"……."

하다못해 설명하지 않은 한시민도 황녀가 되묻지 않으니 궁금해서 다시 묻는 판국에.

황녀의 생긋 웃음과 함께 돌아오는 말에 한시민이 고개를 저으며 그녀를 안아주었다.

이런 바람직한 아내 같은.

적어도 그럴 일은 없겠지만 하루아침에 쫄딱 망하더라도 평생 거지로 살 걱정은 없겠구나.

흔치 않게 감동하며 그녀에게 설명해 주었다.

"이 반지, 마계의 보석으로 만든 거라 어떤 성능이 있는지 실험해 보려고. 뭔지도 모를 반지 계속 끼고 있다가 다시 마왕이라도 나타나서 이걸로 무슨 일을 벌이면 안 되잖아."

"네."

본래 목적이야 한 짝만 아무리 살펴봐도 미지의 반지의 효능은커녕 등급조차 볼 수 없기에 원래 있던 두 짝을 합쳐 강화해 보려는 심산이지만.

굳이 다 말할 필요는 없겠지. 그럴듯한 이유까지 설명해 주었으니 뒤에서 삐져 있을 일도 없을 테고.

반지를 받은 한시민이 황궁을 나섰다.

리치 왕국은 순조롭게 이름에 맞는 영역을 구축해 나가고 있었다.

리치 영지부터 리치 카지노까지.

만만치 않은 거래를 하나의 왕국으로 만들기 위한 작업은 쉽지 않았지만 수백, 수천 년에 한 번 나올까 말까 한 대륙의 영웅을 위한 작업에 있어 온 대륙이 팔을 걷어붙이고 돕는데 불가능이란 없었다.

자의라기보단 돕지 않으면 반역자로 의심받으니 울며 겨자 먹기로 돕는 왕국들이 대부분이겠지만.

그렇게 늘어나는 영토에서도 역시 왕국의 수도는 리치 영지였다. 굳이 힘들게 손수 뛰어 만든 15강 성벽들을 버릴 필요는 없었으니까.

대신 그대로 쓰기에도 뭔가 영지 느낌이 심심치 않게 있어서 리치 영지도 수도로써의 기능과 위엄을 다하기 위해 동상 몇 개를 세웠다.

그리고 한시민은 그 동상들에 아공간에 처박혀 있는 아이템 몇 개를 꺼내 꽂아 넣었다.

"귀찮은 아인 왕국 검은 여기다가 꽂아놔야지."

옛날에야 한 왕국의 왕의 부탁이니 받아두긴 했지만 이제는 돈도 안 되는 애물단지일 뿐이다.

그냥 가져다가 돌려주기에도 아깝고.

여기다 꽂아놓고 언젠가 필요할 날이 오거나 누가 사겠다고 하면 팔아야지.

한 바퀴 돈 한시민이 진짜 일을 하기 위해 영지를 나섰다.

이번 여행의 테마와 목적은 둘이었다.

미지의 반지를 강화해 보는 것과 전대 강화사에게서 받은 돌의 쓰임새를 확인하는 것.

2

한여리는 미래가 창창한 고3이다. 어려서부터 가정교육을 잘 받았고 자신의 미래를 부모님께 손 벌리지 않고 개척해 나가는 오빠의 뒷모습을 지켜보며 현실을 깨우친.

해서 그녀는 공부를 열심히 했다.

다행히 공부와는 인연이 없던 그의 오빠와 달리 하나를 공부하면 열을 깨우칠 정도는 아니지만 그래도 머릿속에 착실하게 넣어두는 우등생이었다.

자연스럽게 수능을 위한 지식들만 쌓다 보니 속세에 멀리하게 되었고 당연히 TV는커녕 수험생들도 야자 시간의 반 정도는 보면서 시간을 보낸다는 판타스틱 월드 또한 가까이 두지 않았다.

공부를 열심히 해 수능을 잘 보고 부모님이 도와주기로 한 대학까지 열심히 다녀 자신의 인생을 펴보기 위해 노력하는 그녀에게 있어 지금 당장 공부 이외의 것들이 눈에 들어오지도 않았고.

그런 그녀가 판타스틱 월드 영상을 접한 건 정말 우연이었다.

이제는 거의 찾아보기 힘든 야자를 하는 몇 안 되는 학생 중 한 명인 그녀가 그녀의 단짝과 밥을 먹고 잠시 쉬는 동안 단짝이 튼 영상에 시선이 가지 않았더라면 역시 그걸 굳이 찾아볼 일 따위는 없었을 테니까.

아니, 시선이 갔다고 해도 애당초 관심도 없는 영상을 그녀가 10초 이상 지켜볼 리가 없다.

"어? 여리야, 너 판월 안 보잖아."

"……응."

단짝도 그래서 튼 것이다. 별생각 없이.

넘어오지도 않는 한여리를 유혹하기 위함이 아니라, 그녀가 보기 위해.

"왜? 갑자기 관심이 생겨? 하긴 이거 지금 대한민국뿐 아니라 전 세계에서 제일 유명한 프로그램이야. 올스타전이라고.

이벤트 방송인데 관월에서 제일 유명한 500명 뽑아다가 서바이벌하는 거.”

“아, 응…….”

비록 48시간을 집에서 함께할 수는 없지만 쉬는 시간마다 챙겨보는 와중에 한여리의 시선에 들어왔을 뿐이다.

평소처럼 그냥 넘어갔을 한여리가 시선을 떼지 못하는 것을 본 단짝이 신나서 설명을 이었지만 아쉽게도 한여리의 시선을 사로잡은 건 별 관심도 없는 분야의 시청률 높은 프로그램이 아니었다.

“……오빠?”

“응?”

“아무리 봐도 오빤데.”

“무슨 오빠?”

“우리 오빠.”

“너 오빠도 있었어?”

“응.”

“……그런 말 안 했잖아.”

“내가 중2 때 독립했거든.”

“…….”

화면 속에 나오는 남자.

낯익은, 4년 전의 머릿속에 있던 얼굴일 뿐이지만 확실하게 기억나는 얼굴이 보였기 때문이다.

그리고 그것만으로 한여리는 확신할 수 있었다. 비록 머리 색은 다르지만 저 남자는 그녀의 오빠다.

"우리 오빠 왜 저기 있어?"

공부 외엔 어떤 것에도 관심을 보이지 않던 한여리가 생기 도는 눈빛으로 단짝에게 물었다.

눈부시게 아름다운 외모에 맺힌 미소에 단짝이 삐진 듯 입술을 쭉 내밀며 고개를 돌렸다.

"지지배. 뭐야? 나랑 놀 때도 그런 표정 한 번도 안 짓더니."

"미안. 오빠 너무 오랜만에 보는 거라서. 빨리 알려줘."

평소엔 보이지도 않던 애교까지.

단짝이 보다 이내 두 손을 들었다.

"알았어. 이거 봐. 알려줄 테니까."

"고마워!"

"그런데 연락이 안 되는 거야? 독립했다면서."

"응."

"……찾을 방법은 있고?"

"찾아갈 거야!"

"어떻게?"

"……응?"

"어휴, 바보. 공부는 잘하면서. 언니만 믿어. 다 방법이 있으니까."

가상의 서버에서 진행된 서바이벌이다. 유저의 개인 정보 따위가 있을 리가 없다.

하지만 단짝은 당당했다. 자신감이 넘쳤다. 그녀는 한여리보다 공부는 못 하지만 현실은 좀 더 잘 안다.

한여리를 데리고 올스타전을 진행한 방송국으로 향한 단짝이 그녀의 등을 두드렸다.

"가서 우리 오빠한테 좀 데려다 달라고 하면 돼."

세상은 불공평하다.

그 불공평한 세상에서 미녀는 불공평의 수혜를 누리는 절대 갑이다.

한시민에게 곧장 방송사의 미팅 제안이 들어갔다.

3

한시민은 딱히 가족들에게 악감정이 있다거나 평생 보지 않고 살겠다거나 하는 마음은 없다.

뭐 하러 그런 마음을 갖겠는가. 그를 낳아주시고 스무 살까진 키워주신 분들인데.

부모님의 교육 방식이 단 한 번도 잘못되었다는 생각을 해본 적이 없었으며 그런 가르침 덕분에 지금 이렇게 악착같이 잘 먹고 잘살면서 부자도 되었다고 생각한다.

당연히 미래에 그가 결혼을 하고 자식을 낳는다고 해도 그를 따를 생각이고.

얼마나 합리적이고 편하고 훌륭하고 현실적인 가정교육인가.

낳았으니 성인이 되어 세상에 몸을 던질 스물까지는 책임지고 먹여주고 재워주고 가르쳐 준다.

거기에 용돈을 주면 좋은 거고 안 줘도 알아서 자립하는 법을 조금씩 배운다.

그러다가 성인이 되면 하고 싶은 대로 내버려 둔다.

한시민의 경우엔 부모님이 대학까지 지원해 주겠노라 했고 실제로 대학에도 입학했지만, 제대와 동시에 한시민이 그 복을 걷어찼고.

어쨌든 어려서부터 그렇게 큰 아이는 자신이 처한 상황과 사회에 불만을 갖는 대신 거기에 적응할 생각부터 한다.

자신의 부모님은 결국 도와주지 않으리란 걸 알고 혼자 독립할 방법을 생각한다. 얼마나 바람직한가.

"예슬아."

"응, 오빠."

"그럴 일이 있을지는 잘 모르겠지만 우리가 결혼을 하면 넌 자식 교육 내 방식에 맞춰줄 수 있냐."

물론 그런 교육들은 부모의 합의가 먼저 있어야 가능한 일이다.

현대 사회에선 그나마 인식이 바뀌어 가능해 보이지만 또 이런 험난한 세상에 자신의 자식을 그렇게 힘든 길을 걷게 하고 싶어 하는 부모가 있을 확률도 적은 게 사실.

특히 이런 부분은 이야기되지 않은 채 상황을 마주하게 되면 단순한 부부 싸움을 넘어 파국에 치달을 수 있기 때문에 미리 확인을 해야 하는 일이다. 마치 빚처럼.

한시민의 말에 강예슬이 밝은 표정으로 고개를 끄덕였다.

"당연하지, 오빠. 난 오빠만 있으면 돼. 애도 안 낳아도 되긴 한데 만약 낳으면 당연히 오빠처럼 키워야지. 보증 잘못 서서 빚이 20억 있어도 다 갚을 수 있을 능력이 넘치는 남자로."

"……빚이 20억이면 어떻게 갚냐. 한강을 가는 게 빠르지."

어쨌든 그런 마인드를 가진 한시민이다.

그런 그에게 얼마 전 아주 좋은 거래를 했던 PD에게서 연락이 왔다.

혹시 올스타전 2부라든가 다른 프로그램 섭외인지 기대하고 받았던 그에게는 조금은 아쉬울 수 있는 혹은 뜬금없는 말이었다.

-시민 씨, 방송국으로 시민 씨 여동생이라고 하는 분이 찾아와서요. 이름은 여리 양이라고 하고 아무래도 말하는 게 마냥

거짓말 같지는 않아서…….

"아!"

뜬금은 없었지만 전혀 영양가 없는 전화는 아니었다.

"나 동생 좀 만나고 올게."

"동생? 동생이 있었어?"

"옛날에 한 번 말했잖아."

"그건 그런데, 오빠 만나고 가족 얘기는 한 번도 안 한 거 같아서."

"게임 하는데 뭐 가족 이야기가 필요한가."

"응, 다녀와."

스페셜리스트에게도 놀라운 사실이었다. 아무리 게임이고 게임에서 만난 인연이라고 하지만 이렇게 오래 붙어 있고 1년 넘게 함께하다 보면 이런저런 이야기를 하게 마련이고 그러다 보면 가족 이야기가 절로 나올 수밖에 없으니까.

당연히 스페셜리스트도 한 달, 두 달을 한시민과 20시간씩 사냥하던 때에 이런저런 이야기를 꺼냈었고 그들의 가정사 또한 스스럼없이 밝혔던 적이 있었다.

굳이 숨길 이유가 없었던 이야기였지만 동시에 한시민이기에 했던 이야기들.

그러곤 한시민의 차례가 왔을 때 보였던 그의 어두운 표정에서 스페셜리스트는 더 이상 묻지 않았었다. 오해하기 충분한 표정과 상황들이었으니까.

한시민에게 주어진 악착같은 인생. 돈만 보면 목숨을 내던질 듯 달려들었던 순간들.

3년 전에 쌌던 염소 똥 이야기마저 하면서라도 지겨운 사냥의 시간을 보내야 하는 나날들에서 한 번도 꺼내지 않았던 가족에 대한 이야기.

그런 오해들이 한순간 어이없이 풀렸다.

"다행이다. 난 솔직히 시민 오빠 혼자인 줄 알았는데."

"여동생 만나고 온다고 하셨지?"

"응, 나간 김에 부모님한테도 오랜만에 인사 좀 하고 온대."

"그러게. 진짜 오해했네."

"그런데 대체 왜 가족 이야기만 나오면 그렇게 진지했던 거지?"

"……."

"……."

남은 의문은 당사자가 없어 풀 수는 없었지만.

"여리 그 꼬맹이가……."

집을 나서는 한시민이 감격에 젖었다.

스페셜리스트가 궁금해하는, 가족 이야기만 나오면 진지해지고 괜히 말이 없어졌던 이유는 별게 아니다. 그저 가족 이야기가 나올 때마다 회상에 잠기기 때문이다.

그러고 보니 출가한 지 벌써 몇 년이 지났구나. 그래도 출가한 뒤 얼마간은 부모님께 연락도 자주 드리고 했었는데. 받으시진 않으셨지만.

그러다 휴대폰 유지비는커녕 월세 낼 돈도 빠듯해 휴대폰을 버리고 살다가 다시 만들 때 번호를 별생각 없이 바꿔 버려 연락이 끊기게 되었다.

물론 하려면 충분히 할 수 있었다. 하지만 하지 않았다.

뭐 성공해서 늠름한 모습으로 나타나겠다는 그런 쓸데없는 포부 같은 건 아니었다. 그냥 귀찮았고 빠듯했다.

그나마 부모님의 슬하에서 용돈이나 벌어먹던 시절과는 차원이 다른 '독립'이라는 단어.

부모님이 키워주실 때가 참 좋았던 때구나 싶었던 순간들에 부모님이 떠오르긴 했지만 그럴수록 머릿속에서 부모님을 지우고 악착같이 돈을 벌겠다고 강화를 했고 자연스럽게 잊혀졌다.

부모님 쪽에서도 연락이 끊긴 아들내미 찾겠다고 큰 노력을 하신 것 같지도 않고.

그러다 판타스틱 월드를 하게 되었고 그 뒤야 하루 3시간

눈 붙일 시간도 없이 게임 하다 보니 연락이라는 단어 자체를 떠올릴 틈도 없었다.

많은 것이 어긋났고 맞지 않았던 시간.

하지만 때마침 여동생에게서 온 연락은 많은 것이 이제는 바뀌었다는 걸 자각하게 해주는 계기였다.

"부모님을 찾아갈 때가 됐지."

어찌 보면 목표는 이루었다. 부자가 되었으니까.

다른 목표는 없었다. 스무 살의 한시민에게 부모님은 결혼하라 손주를 안겨달라 부탁했던 적이 없기에.

어쨌든 그렇기에 당당하게 나설 수 있었다.

출가할 때 또한 당당하지 않았던 건 아니지만 뭐랄까, 근거 없는 자신감과 이룰 걸 이룬 자의 여유의 차이?

마음 같아선 주차장에 처박혀 있는 비싼 외제 차를 타고 가고 싶었지만 아쉽게도 여전히 운전 실력은 미천하기 그지없었다.

아쉬운 마음을 지갑에 빵빵하게 채운 5만 원권으로 대신한 채 약속 장소로 향했다.

한여리의 머릿속에 한시민은 우상이다.

그를 아는 모든 사람이 그녀의 생각을 안다면, 그리고 잘 자라준 그녀를 본다면 '대체 왜?'라는 의문과 함께 그녀의 미래를 위해 극구 말릴 게 분명했지만 그럼에도 불구하고 한여리는 한시민을 좋아했다.

현실 남매?

한시민은 몰라도 그녀는 그런 게 없었다.

일곱 살이나 차이 나는 그녀의 오빠를 따랐고 또래의 남자들에게서 볼 수 없는 성숙함에 남자 취향을 선택했었다. 물론 성숙함이라기보다 돈을 밝히는 진지함이었지만.

그런 그녀의 머릿속에 남아 있는 한시민과의 가장 깊은 추억의 장면은 이것이었다.

"오빠, 오빠."

"왜."

"나도 오빠처럼 열심히 살래!"

"그래야지, 인마. 엄마아빠는 여자라고 안 봐준다. 공부 열심히 해서 돈 많이 벌어라."

"응. 그럼 나 뭐 할까?"

"뭘 뭐 해."

"오빠가 정해주는 거 할래!"

"내 앞가림하기도 바쁜데 네가 알아서 해."

"힝."

"대신해 줄 수는 없고. 정 잘 살고 싶으면 공부 열심히 해서 판사, 변호사, 교사 이런 거 하든지. 꿀을 그렇게 빤다는데."

별생각 없이 내뱉었던 한시민의 말들이 지금의 그녀를 공부하게 만들었다.

절대적 맹신 이런 느낌은 아니고 그저 어렸을 적 우상의 조언을 받아들였달까.

덕분에 그녀는 공부를 열심히 했고 드물게 요즘 고3 중에서 가상현실을 가까이하지 않는 모범생으로 성장할 수 있었다.

그런 그녀가 다시 인생의 갈림길에서 한시민을 만난다.

미래의 그녀는 지금의 그녀를 보며 절대 그러지 말라고 말할지도 모르는 상황이지만 그걸 모르는 한여리는 떨리는 가슴을 잠재우며 카페에서 한시민을 기다렸다.

친오빠를 좋아한다거나 그런 적은 없다. 하지만 어렸을 적 맞벌이를 하시는 부모님 대신 키워준 한시민은 그녀에게 있어 말하기는 복잡 미묘한 키다리 아저씨랄까.

"오빠!"

만나면 뭐라 할까. 오빠도 날 예전처럼 반겨주겠지.

역시 우리 오빠. 뭐든 해서 성공했어. 이제는 남은 의심의 티끌조차도 내다 버리고 오빠 말만 믿고 공부해야지.

몇 년 만에 보는 얼굴임에도 한 번에 알아본 한여리가 자리에서 일어나 반갑게 손을 흔들었다.

주말 대낮, 사람들이 바글거리는 명동 한복판에 있는 카페임에도 망설임이 없었다.

자연스럽게 자기들 볼일을 보던 사람들의 시선이 한여리에게 향했다. 소음 때문이 아니다.

"뭐야, 예쁘다."

"교복이…… 작다."

귀를 간질이는 고운 목소리와 더불어 시선을 붙잡아 두는 외모.

동시에 모두의 시선이 카페의 입구로 향했다.

어디선가 혜성처럼 나타나 길 가다 보는 두세 명은 미녀인 이곳에서도 독보적으로 빛을 내는 여자가 저토록 환하게 반기는 오빠는 누굴까.

그들의 시선 끝엔 한 남자가 있었다. 미간을 찌푸린 채 고개를 갸웃하는.

"……누구?"

한시민. 그의 입에서 고민 끝에 한마디가 튀어나왔다.

한여리인지 모르진 않았다.

한여리를 만나러 왔고 여기서 만나기로 했으며 그녀의 성격 또한 저토록 활발하게 몇 년 만에 만나는 오빠를 반갑게 맞으리라는 걸 알고 있었다.

그럼에도 되물은 것은 아무리 기억을 되짚어 봐도 그의 머릿속엔 반갑게 맞는 여자의 얼굴이 없었기 때문.

"성형했어?"

"응? 우리 집에서 무슨 성형이야, 오빠."

"아, 그렇지."

해서 음료를 시켜놓고 앉아 다짜고짜 물었다.

크면서 여자는 예뻐진다지만 이건 뭐 거의 성형 수준이 아닌가.

물론 한시민의 여동생을 대하는 태도에는 변화가 없었다.

"많이 컸네. 엄빠는 잘 지내시지?"

"응, 가끔 오빠 뭐 하고 지내나 궁금해해."

"응, 거짓말 치지 말고."

"헤헤. 나 그리고 오빠 말대로 공부 열심히 하고 있어. 공부 열심히 해서 꼭 공무원 된 다음 돈 많이 벌 거야!"

"엥?"

심드렁한 표정과 함께 예전과 다를 바 없이 그에게 쏟아지는 애교.

대충 흘려듣던 한시민이 한여리의 철없는 말을 듣자마자 꼬던 다리를 풀고 놀란 표정으로 되물었다.

"내가 공부하라 했다고? 돈 많이 벌려면?"

"응!"

"……."

당연히 한시민의 머릿속엔 없는 기억이다. 대충 귀찮아서 대답해 주었을 거니까.

지금도 굳이 정정할 필요가 없는 말이긴 하다. 여전히 그녀가 뭘 해 먹고 살든 그건 그녀의 선택이니까.

다만 오랜만에 본 여동생의 외모가 그에겐 아니지만 다른 남자들에겐 충분히 가슴 설레는 무기가 될 수 있음을 본 이상 말은 조금 달라진다.

"요즘 누가 공부해서 돈 벌어먹냐. 여리야, 오빠랑 게임 할래?"

악마의 속삭임은 가족이고 뭐고 가리지 않았다.

4

몇 년 만에 만남이라고 어색함 따위가 있을 리 없다. 가족이니까.

특히 한시민 가족은 더 그렇다.

오랜만에 오지만 낯설지 않은 아파트. 라인, 엘리베이터, 몸이 알아서 누르는 층수, 열리는 문, 손이 먼저 가는 도어락.

비밀번호 여섯 자리 입력과 함께 그의 집과는 다르지만 익숙한 소리와 함께 열리는 문.

보일러나 에어컨은 개뿔, 캡슐 내부의 온도만 조절하는 한시민과 달리 이제 곧 여름이라는 걸 알려주듯 몰려오는 시원한 바람.

그리고 저도 모르게 내뱉는 말.

"다녀왔습니다."

내뱉고도 소름이 돋아 절로 입을 막았다.

"와, 4년 만에 집에 와서 한다는 소리가 다녀왔다라니. 소름 돋았다."

더 소름 돋는 일은 그다음이었다.

"왔냐?"

"어? 아들, 오랜만이네?"

"……."

한시민은 하늘에서 떨어지지 않았다는 걸 증명하는 화목한 가정이었다.

"와, 아들이 4년 만에 왔는데 고기도 아니고 풀떼기입니까?"

"먹기 싫으면 먹지 마, 아들."

"……하아."

"엄마, 아빠. 우리 진짜 다 같이 밥 먹는 거 오랜만이다. 그치?"

"우리 아드님께서 게임 하겠다고 집 나가신 뒤로 처음이니까."

"아버지, 반쯤 쫓겨났던 걸로 기억합니다만."

"어허, 우리 집에서 쫓겨나다니. 스물만 되면 출가외인이거늘."

"하, 여전들 하시네."

정말 가족 같은 분위기라는 걸 오랜만에 느껴본다.

이 살 떨리는 밥상이란. 군대에서 이등병 때 눈치 보면서 밥 먹는 것보다 더 긴장된다.

그러면서 동시에 미소가 지어진다.

여전하다. 그렇기에 당당하게 찾아온 보람이 있고 찾아온 이유를 보여줄 때다.

예전 같았으면 절대로 음식에 투정 따위를 하지 못했을 것이다. 하지만 지금은 해보기로 했다.

오랜만에 집에 들어온 아들의 투정이 아니다.

"어머니, 전 고기가 먹고 싶습니다."

"사 먹어."

"아니, 엄마가 해주는 고기요."

"이게 오랜만에 왔다고 우리 집 룰을 까먹……."

"아들 성공하고 돌아왔습니다."

식탁 위에 올려놓는 하얀 봉투.

그냥 하얀 봉투가 아니다. 한눈에 봐도 과식하다 못해 포식해 배가 퉁퉁해 입이 떡 벌어진 봉투.

그 사이로 흘러나오는 황금빛.

배추가 아니라 벼다.

자연스럽게 시선이 그에게 꽂혔다.

이것의 의미를 모르는 부모님은 세상 어디에도 없을 것이다.

하나 침묵이 흐르는 건 전혀 예상치도 못했던 전개였기 때문.

한시민이 그 침묵을 깨며 쐐기를 박았다.

"아들, 성공하고 왔습니다. 고기가 먹고 싶네요."

하나도 아니고 두 개다.

공평하게 하나씩.

한시민의 엄마가 봉투를 쥔 채 조용히 자리에서 일어났다. 그런 그녀의 입가엔 어느새 자애로운 미소가 맺혀 있었다.

"아들, 엄마가 고기 재워놓은 거 어떻게 알았어?"

5

한시민은 돈을 아낀다.

쓸 때는 쓰지만 어지간히 필요한 곳이 아니면 쓰는 게 아까워 저축한다.

하지만 부모님에겐 팍팍 썼다.

"엄마, 저거 내 건물이야."

"아들, 사랑해."

"아버지, 차가 좀 낡았네요. 한 대 바꾸시죠."

쓰는 데 있어 망설임 따위는 없었다.

그냥 길 가다 만나는 거지에게 적선한다 생각하고 수억 원을 기부해도 통장엔 티도 나지 않을 정도로 부자가 된 한시민이다.

키워주신 부모님께 모아둔 돈을 쓰는 게 아까울 리가.

게다가 돈을 그냥 쓰는 것도 아니다. 뿌듯함을 느끼고 있다. 꼭 부자가 되겠다고 다짐한 이유를 이뤘달까.

"오빠, 나는?"

"넌 인마, 일해서 벌어."

"응."

"공부해도 다 쓸모없다. 요즘은 끼와 재능이야. 내가 볼 때 여리 너 정도면 충분히 바짝 당길 수 있어. 오빠가 도와줄 테니 같이 하는 거야. 알았지?"

"응."

"오빠 믿지?"

"당연하지!"

게다가 오랜만에 만난 여동생을 꼬드기는 데도 성공했다.

행복한 한시민 가족이 오손도손 시간을 보냈다. 한시민의 돈으로.

가족과 재회했지만 잠깐의 시간을 보내고 난 뒤의 한시민의 일상은 크게 달라지지 않았다.

여전히 부모님은 독립한 아들에게 관심이 없었고 한시민 또한 매달 용돈을 보내는 식으로 하기로 했으니까.

다만 재회로 변한 게 있다면 한여리가 주말에 게임에 접속하기로 했다는 점이랄까.

그마저도 평화의 시대가 도래했지만 개뿔 관심도 없고 반지를 강화하며 사용법을 알아내고자 멈췄던 레벨 업을 다시 시작한 스페셜리스트와 함께 대륙을 떠도는 한시민에겐 별로 상관없는 이야기기도 했고.

함께 게임을 하자 꼬드겼지만 당장 지원해 주며 밀어줄 생각은 없었다.

어차피 한여리는 방송에 출연할 얼굴마담일 뿐이다. 미녀야 강예슬과 정설아 둘이나 있지만 방송에 나오는 미녀의 수는 많을수록 좋은 법이니까.

게다가 남인 강예슬과 정설아와는 달리 한여리는 그의 가족이다. 혈연에 얽힌 정은 아니고 부려먹기 쉽달까.

어쨌든 그렇기에 게임을 시작해도 가서 밀어줄 생각이 없었다.

알아서 어느 정도 대륙을 돌아다닐 수 있을 만큼 성장하면 데리고 와서 함께 사업을 시작해야지. 언제가 될지는 모르지만.

일단 스페셜리스트에겐 그의 계획을 말해주었다.

"나중에 제 동생도 길드 가입할 거예요."

"오빠, 동생 예뻐서 데리고 온다던데 진짜야?"

"가족끼리 방송하면 좋잖아."

"빨리 보고 싶네요. 시민 씨의 가족이라니."

"걔도 돈 밝히냐?"

"아니, 형님. 말씀이 심하시네요."

"아. 미안. 너무 직설적이었냐."

다행히 큰 반발은 없었다.

기대가 더 크면 컸지.

그렇게 평화 속 찾아온 한시민의 가족 해프닝은 그 정도 에피소드로 넘어갔다.

반지 강화 지옥이 시작되었기에.

한여리는 주말이 되자마자 곧장 새로 산 캡슐에 누웠다.

원래는 학교에 나가 몇 안 되는 학생들과 함께 자율학습을 해야 하지만 오빠를 따라 돈을 벌겠다는 마음은 지금까지의 습관이나 행동 패턴들을 한 번에 바꿀 수 있게 도와주었다.

"나도 오빠처럼 돈 많이 벌어야지."

어려서부터 한시민을 가장 많이 보고 자랐기에 그의 악착같음을 가장 많이 봄과 동시에 사람이 홀로 아무것도 없이 독립하기 위해선 저렇게 힘들구나 싶음을 또 가장 가까이서 본 사람이다.

게다가 출가하는 한시민을 미련 없이 보내던 부모님의 표정도 한시민보다 더 생생하게 보았다.

혹시 진짜 굶어 죽을 때쯤이면 도와주시지 않을까.

이런 희망적인 긍정은 불가능하다.

뭐, 또 혹시 모른다.

정말 그런 상황에 닥치면, 진짜 해서는 안 될 생각이지만 이 세상에 내 자리는 없구나 싶어 발걸음이 절로 어디론가 향하게 될 때면 도와주실 수도 있겠지만.

그래서 공부든 뭐든 돈을 벌 수만 있다면 상관없다. 보란 듯

이 게임으로 성공해 돌아온 오빠를 본 순간 그 마음은 더 강해졌다.

사회적 명예나 그런 게 뭐가 중요하겠는가.

1순위는 잘 먹고 잘사는 것.

한여리의 마인드도 한시민과 다를 게 없었다.

해서 한시민의 충고와 조언을 적극 수용했다.

"어떻게 바꾸는 거지?"

외모는 수정할 수 없다. 수정할 필요도 없이 예쁜 얼굴이기도 하다.

그럼에도 한여리는 좀 더 이색적인 느낌이 강하게 머리 색과 눈동자 색을 변경했다.

동양적인 느낌이 나면서 동시에 서양적이고 또 동시에 대륙의 사람 같기도 한 느낌.

전부 한시민의 주문이었다.

알고 주문한 건 아니다. 그냥 지금껏 봐온 수많은 미녀, 스페셜리스트부터 시작해 에피아까지 보고 느낀 바들을 종합해 말해준 것뿐이다.

그렇게 한여리는 게임을 시작했다.

어느 성에 떨어진 그녀는 곧장 직업을 구하기 위해 걸었다.

한시민이 직업은 딱 집어 추천해 주지는 않았다.

"그냥 제일 돈 안 들 거 같은 거로 해."

많은 도움을 줄 생각도 없었고 한여리 또한 오빠에게 업혀 게임을 플레이하겠다는 생각도 없었다.

돈 버는 방법.

그게 그녀의 목적이었다. 그렇기에 대충 직업소개소에서 전사로 전직한 뒤 성 밖을 나섰다.

그리 큰 왕국도 아니고 외진 곳에 위치한 영지 중 하나에 떨어졌던 그녀라 유저들은 거의 없었다. 흔치 않게 초보자들이 시작하는 성 중에선 유저보다 몬스터의 얼굴을 보는 게 더 쉬운 그런 시골이랄까.

아니, 그녀를 보고 예쁘다고 넋을 놓고 있는 유저의 얼굴조차 보기 힘들 정도니 거의 재개발 수준이라고 봐도 무방하다.

그런 곳에서 한여리는 하염없이 걸었다.

한시민이 성에서 가장 가까이에 있는 토끼나 다람쥐 같은 걸 죽이면 된다고 했지만 태어나서 처음 게임을 접하는 그녀에게 그런 것들이 눈에 들어올 리 없다.

"와, 예쁘다."

한시민이야 돈을 위해 여기는 피도 눈물도 없는 빌어먹을 베타고의 뱃속이라 생각하고 빠르게 몬스터부터 조졌지만, 한여리는 결국 열아홉이고 가상현실이라는 아름다운 또 하나의 현실에 감탄할 수밖에 없는 감수성 풍부한 소녀일 뿐이다.

사냥보다 한국에선 볼 수 없는 풍경에 심취했고 나무들이 우거진 숲을 걸으며 상쾌한 공기를 마시며 여운을 즐겼다.

그러다 마주했다.

"으윽."

"응?"

성 근처에서도 볼 수 없었던 사람을.

어느새 여기까지 왔는지 뒤를 돌아봤을 땐 그리 크지도 않던 성이 보이지도 않을 정도로 나무들이 높아졌고 운이 좋아서인지 몬스터는 나타나지 않았지만 뭐라도 금방 나타날 것만 같은 곳.

두렵다거나 하지는 않았다. 다만 감성에 젖어 있던 그녀가 현실로 깨어났을 뿐이다.

"너무 멀리 왔다."

게임을 시작하기 전 주의 사항 같은 걸 꼼꼼히 읽어봤기에 죽어도 상관없다는 사실은 안다.

하지만 죽어서 좋을 게 없다는 사실 또한 안다.

그래서 그녀는 걸음을 곧장 돌렸다.

볼 만큼 풍경은 봤으니 이제 다시 사냥을 시작해 얼른 오빠와 합류해 많은 돈을 벌리라.

"으으윽."

그런 현실을 깨우치게 해준 신음이 다시 한번 들려왔다.

어쩔 수 없이 한여리의 시선이 소리가 난 곳으로 향했다. 그곳엔 온몸이 피투성이인, 수염이 백발인 노인이 쓰러져 있었다. 로브를 뒤집어쓴 채.

한여리의 입에서 절로 작은 한숨이 튀어나왔다.

그녀는 어려서부터 사회의 쓴맛을 간접적으로 느끼고 봐왔다. 이게 무슨 상황인지 또한 게임을 처음 하지만 대충은 안다. 저 신음은 아마 도와달라는 뜻일 것이다.

"아이참."

이성적으로 생각해 보면 도와줄 이유가 없다. 여긴 게임이고 그녀는 레벨이 1일뿐더러 돕는다고 해도 가다가 몬스터를 만나면 둘 다 죽을 테니까. 피를 뚝뚝 흘리고 있는 노인을 어떻게 살리느냐에 대한 대책도 없고.

딱 봐도 허름한 로브 하나 뒤집어쓴 노인이 무언가 보상해 줄 것처럼 보이지도 않는다.

빠른 계산과 판단.

한시민을 닮은 한여리는 답을 금방 내놓았다.

그녀의 발걸음이 매정하게 돌아섰다. 하지만 몇 걸음 가지 않아 다시금 돌아왔다.

"아이, 정말. 이러면 안 되는데."

마인드는 한시민을 보고 배웠지만 한시민과 다른 한 가지.

그녀는 '착했다'.

"할아버지, 물 좀 드세요."

한여리가 수중에 가진 유일한 물 한 통과 빵 한 조각을 내밀었다.

6

한여리는 뭐랄까, 아직 덜 익은 사과다.

껍질을 까고 세상에 나오지 않은, 하지만 껍질 속에서 이미 더럽고 추잡한 세상의 현실을 많이 목격한.

따뜻한 집에서 따뜻한 밥 먹고 부모님이 사 주시는 따뜻한 옷까지는 입었지만, 그 외에 다른 것들을 하기 위해선 직접 용돈을 벌어야 했던 학창 시절, 친구들과 떡볶이 먹는 것조차 망설이며 배고픔과 서러움을 달래야 했던 그 과정들을 겪으며 똑똑한 그녀는 배웠고 느꼈다.

하나뿐인 7살 차이 오빠라고는 4년 전에 먹고살기 위해 집을 떠났고 용돈 한 번 받아본 적 없기에 더 잘 안다.

주고 싶지 않아서 주지 않은 게 아니라는 걸, 천 원짜리 한 장, 만 원짜리 한 장을 버는 데도 많은 노력과 땀이 필요하다는 걸.

해서 그녀는 돈에 대한 애착이 강하다.

특히 하고 싶은 게 많고 하지 못한 게 많았기에 더더욱 그렇다.

돈을 아주 많이 벌어서 어렸을 적부터 못 해봤던 것들을 다 해봐야지.

한시민 또한 그랬고 그렇게 살다 부자가 되어 이제 슬슬 조금씩 예전의 버릇을 버리며 돈 쓰는 습관을 기르고 있다.

그런 한시민과 한여리의 가장 간단하면서 하나뿐인 차이점은 성격이었다.

아주 현실적이고 이성적임과 동시에 남보다는 나를 챙기는 한시민. 그에 반해 어려서부터 감수성이 넘치고 착하며 남을 돕길 좋아하고 생명을 소중히 여기는 한여리.

단순하지만 어마어마한 차이다.

과장해서 천사와 악마랄까.

사람이 죽어가는데 돈 벌어보겠다고 모른 척 지나가는 정도는 아니지만, 그것이 게임이라면 그것도 마다치 않고 행할 위인이 한시민이다.

그리고 한여리는 지금 보다시피 현실을 파악하고 어렸을 적부터 보고 배운 한시민의 인성대로 행동하는 게 옳다는 걸 머리는 알지만 실천은 하지 못하는 그 차이.

그게 그녀의 판타스틱 월드 첫걸음을 노인에게 그녀가 가진 걸 주게 되는 계기가 되었다. 그리고 그 선택은 하나의 인연을 만들었다.

"고맙구나."

"다행이에요, 할아버지."

한 게 쥐뿔도 없긴 하다. 그냥 죽어가는 할아버지를 두고 가기엔 한여리의 심성이 너무나도 착했고 게임이라는 자각보다는 이곳은 정말 또 하나의 현실이구나 싶은 마음이 좀 더 강했을 뿐이다.

게다가 그냥 가만히 두면 과다출혈로 죽을 정도로 피를 철철 흘리던 노인을 되살릴 만한 희대의 명약을 건넨 것도 아니고 그냥 물과 빵을 주었다.

그럼에도 노인은 그 와중에 입을 축이고 배를 채우며 살아남았고 이제는 멈춘 출혈을 거들떠보지도 않은 채 자리에 앉아 세상 인자한 표정을 지으며 흐뭇하게 한여리를 바라보고 있었다.

"이름이 어떻게 되느냐."

"여리요, 한여리."

"여리라. 대륙의 이름은 아니구나. 모험가더냐?"

"모험가요? 네, 유저예요."

"허허. 내 인생 끝자락에 결국 이렇게 예언대로 모험가에게 모든 걸 물려주게 되는구나."

"네?"

"아니다. 신기해서 그렇다. 죽는 한이 있어도 내 유지만은, 스승님의 힘만은 대륙의 사람에게 이어지길 바랐거늘."

"……?"

그리고 이어지는 대화 같은 노인의 혼잣말은 이제 막 게임을 시작한 한여리에게는 이해하기 불가능한 말들이었다.

노인도 그걸 바라진 않았는지 중얼거리고는 자리에서 일어났다. 그를 따라 한여리도 따라 일어났다.

"혹 가던 길이 있느냐?"

"네, 토끼를 잡고 얼른 레벨을 올려서 오빠한테 가려고 했어요."

"그렇구나. 시간이 된다면 할아비랑 함께 가지 않겠느냐?"

"예?"

"구해준 은혜를 갚고 싶구나."

"아, 안 그러셔도 되는데. 물이랑 빵은 성에 가서 접시 몇 번만 닦으면 살 수 있다고 오빠가 그랬어요."

"허허. 그저 물과 빵일 뿐이었더라도 내겐 생명수나 다름이 없었으니 목숨에 대한 빚은 갚게 해주려무나."

"으음, 그러면 그냥 돈으로 주시면 안 될까요? 빨리 레벨 올려서 오빠한테 가야 하는데."

난감한 표정으로 고민하는 한여리에겐 노인이 혹시 수상한 사람일 거란 의심은 조금도 없었다. 그래 보이지도 않았을뿐더러 한시민처럼 무작정 의심부터 하고 보기엔 역시 그녀는 아직 너무도 순수했다.

그런 순수함을 노인은 꿰뚫어 봤다.

"허허허."

그래서 노골적인 금전 요구에도 웃어넘겼다. 거기엔 손녀 같은 귀여움이 가득한 한여리의 모습이 한몫을 거하게 했지만 어쨌든.

"돈은 없고 대륙을 여행하는 데 돈이 될 만한 걸 주마. 어떠냐."

"정말요? 뭔데요?"

"모험가들은 갖고 싶어도 못 갖는 것이지. 모험가들의 직업. 그중에서도 대륙에 존재하는 다섯 전설 중 한 분의 유지. 그것만 있으면 어렵지 않게 잃어버린 오라비를 만날 수 있을 것이야."

"와! 그럼 잠깐만요. 오빠한테 좀 물어볼게요."

여전히 한여리는 그녀에게 닥친 행운이 무엇인지 인지하지 못했다.

천진난만한 게 그대로 한시민에게 연락을 하는 한여리를 보며 노인은 세상 인자한 웃음을 지으며 새로 생길 귀여운 제자에 일평생을 품고 왔던 철학을 버리길 잘했다는 생각을 했다.

강화하는 한시민과 스페셜리스트의 파티엔 어느새 카르디안이 껴 있었다.

할 것도 없고 얼른 100점을 모아 탈출하겠노라 벼르는 그녀의 자의. 먼 거리를 이동해야 하는 반지의 특성상 한시민도 마다치 않았다.

'어차피 점수는…….'

손해 보는 장사는 아니니까.

일평생 판타스틱 월드를 하면 좋겠지만 그럴 수 있으리란 보장도 없는데 부려먹을 수 있을 때 한참 부려먹는 게 좋기도 하고. 알아서 구르겠다는데 마다하는 것도 옳지 못하다.

그렇게 돌아다니던 도중이었다. 한여리에게 연락이 온 건.

받자마자 한여리의 한층 높아진, 재치 발랄한 목소리가 울려 퍼졌다.

-오빠! 나 게임 시작했는데 웬 할아버지를 만났는데 그 할아버지가 엄청 좋은 직업으로 전직시켜 준다고 하는데 어떻게 해?

아주 듣는 이로 하여금 복장이 터질 소리를 여동생이 해댄다.

당연히 전후사정 파악할 생각도 없이 한시민이 내뱉었다.

"뭐 레전더리 직업이라도 준대? 웃기는 사기꾼이네."

-응? 레전더리가 뭐야? 대륙에 다섯 개밖에 없는 직업 중 하

나라고 엄청 좋은 거라고는 했어. 그쵸? 할아버지?

"……혹시 버퍼라고 하디?"

-버퍼? 할아버지. 그게 버퍼? 그거예요? 헉! 진짜요? 오빠! 맞대! 어떻게 알았어?

뻔하게 진행되는 대화와 잠시나마 혹했던 한시민이 자신에게 욕을 하며 혀를 찼다.

"쓸데없이 시간 보내지 말고 그런 사기꾼은 버리고 얼른 오빠한테 오기나 해. 털어먹을 게 어디 있다고 빌어먹을 베타고. NPC들 인공지능 하나는 기가 막히게 잘 만들어 놨네. 여리야, 판월은 게임이고 뭐고 모든 게 가능한 세상이니까 막 함부로 혼자서 돌아다니면 위험해. 혹시 그 노인네가 음흉한 눈빛으로 가슴을 노려본다든지 앞장서 걷고 있는데 엉덩이를 보는 거 같다든지 하면 바로 로그아웃해. 알았지?"

그러고는 걱정 어린 마음으로 조언했다.

그는 비록 7살 터울 여동생에게 용돈 한 번 준 적 없고 앞으로도 줄 생각이 눈곱만큼도 없지만 이런 돈 안 드는 동생을 위한 충고는 24시간 내내 할 수 있다.

당연히 가족인 입장에서 여동생을 아끼는 건 기본이고.

어디서 어떻게 대체 왜 그런 이상한 상황에 엮여 사기를 당하고 있는 것인지 한시민의 입장에선 도저히 이해할 수 없는 부분이지만 세상 물정, 아니, 판월 물정 모르는 여동생에게 기본적인 대처 방법 정도는 알려줘야 한다.

지금 당장 찾아갈 수는 없는 노릇이니.

"알았지?"

-응, 나쁜 할아버지 같지는 않은데. 그렇게 할게.

전화는 그렇게 끊겼다. 스페셜리스트가 흥미로운 표정으로 다가왔다.

"왜? 뭐야?"

한시민은 숨기지 않고 다 말해주었다.

"동생이 판월 접속했는데 웬 NPC가 다짜고짜 물하고 빵을 줬다고 레전더리 직업을 준다고 했대요."

"물하고 빵을 줬다고?"

"뭐 어디 깊은 숲속에 피를 철철 흘리며 쓰러져 있었는데 그걸 먹고 살아났다나 뭐라나."

"푸하하! 뭐야. 그 어이없는 설정은?"

"뭐긴, 그냥 어수룩해 보이는 초보자 하나 어떻게 해보려고 따라온 사기꾼이겠지."

"그럼 동생 위험한 거 아냐?"

"괜찮아. 똑똑한 애니까."

"4년 동안 못 봤다며? 오빠가 어떻게 알아?"

"이미 4년 전에 나한테서 용돈은 아니지만 과자는 뜯어 먹던 애야."

"아하."

걱정은 금방 사그라졌다. 그러곤 다들 다시 할 일에 몰두했다.

찾아온 평화 사이로 대화를 조용히 듣던 카르디안이 슬쩍 다가왔다.

"인간, 혹시나 해서 말해줘야 할 게 있다."

"뭐?"

별 관심 없이 다음 반지 강화 명당을 찾는 한시민에게 무덤덤하게 말한다.

"이게 방금 한 이야기와 연관이 있을지는 모르겠지만 다섯 전설의 유지 중 유일하게 이어졌던 게 버퍼였다. 다섯 전설이 합의하에 유적을 만들고 세상을 떴지만 버퍼는 끝내 그들에게 내려진 예언을 받아들이지 못하고 대륙인에게 그의 유지를 물려주었고 유언을 남겼다. 자신의 전설은 길이길이 대륙인에 의해 유지될 수 있도록 하라고."

"……그래?"

"지금쯤 그자는 노인이 되었을 것이다. 그대의 동생이 만난 노인일까에 대한 것은 모르지만."

"어쨌든 사기꾼이라는 거잖아? 내 동생은 모험가잖아."

"워낙 괴짜였던 자라 그 부분은 나조차도 예측할 수 없다. 다만 말해주고자 하는 부분은 버퍼의 유지를 이어받은 인간이 이제 곧 죽을 시기라는 것과 후계를 구하는 과정에서 선대 조상의 유언을 받아들일 틈이 없을지도 모른다는 것이다."

"……."

쓸데없는 소리를 할 용가리는 아니라 한시민의 미간이 살짝 찌푸려졌다.

하지만 변하는 건 없었다.

"알아서 잘하겠지."

만약 진짜라면 나쁘지 않은 상황이 아닌가.

손이 간질간질했다. 로또를 사고 어차피 당첨되지 않으리라 생각하고 있었는데 희망이 생긴 기분이랄까.

동시에 기대가 됐다.

아주 조금.

그의 여동생이 전설의 직업을 얻어 얻을 수 있는 이익이라든지 그런 것 때문이 아니다.

"경험치 페널티는 누구에게나 공평하지."

레벨 랭킹 1등을 달리고 있는 스페셜리스트만으로도 배가 아픈데 이제 막 게임을 시작한 한여리에게까지 레벨을 따라 잡힐 일은 없으리란 희망과 행복이랄까.

미소가 지어졌다.

사기꾼으로 의심받으며 먼발치에서 거리를 유지하는 한여리를 보며 노인은 망설이지 않고 그녀에게 증명해 보이겠노라 직업을 전수했다.

많은 사연이 있었지만 한여리를 만난 건 순전히 운이었고 운명이었고 그의 마지막 불꽃이었다.

당연한 말이지만 물과 빵만으로 치사량이 넘은 노인이 다시 살아난다는 건 불가능한 이야기.

만약 그가 물려받은 게 전설의 버퍼가 아니라 힐러였다면 말은 달라졌겠지만 어쨌든 마지막 힘을 짜내 임시로 생명을 불어넣었을 뿐이다.

주어진 시간도 많지 않은데 여기서 만난 운명의 제자에게 의심마저 받다가 유지를 잇지 못하면 저승에 가서 스승을 뵐 면목조차 없다.

의심받는 건 찝찝하지만 어쩌겠는가. 증명이라도 해서 건네줘야지.

유지를 전해주는 과정은 어렵지 않았다. 생명의 마지막 뿌리까지 끌어올려 한여리에게 전해주고 노인은 한층 더 늙었다.

그와 함께 한여리의 눈앞에 수많은 홀로그램이 등장했다.

…….

['전설의 레전드 버퍼'로 전직했습니다.]

[획득하는 모든 경험치의 양이 1% 증가합니다.]

마지막에 등장한 홀로그램만으로도 여러모로 버퍼는 한시민의 예상과는 다른 전설의 직업이었다.

7

유저들에게 적용되는 직업에는 등급이 있고 이는 곧 유저들 간의 계급을 만들어낸다.

직업의 등급에 따라 무조건 유저들의 강약이 결정 나는 건 아니지만 레벨 1, 스텟 1에서 시작하는 유저들의 출발선에서 가장 먼저 차별을 생기게 하는 요소이자 유저의 성향을 판가름 짓는 직업에서 이런 식의 차이가 생기게 되면 결국엔 유저들 간의 성장 격차가 자연스럽게 벌어질 수밖에 없으니까.

성장을 어떻게 더 잘하고 컨트롤을 더 잘하느냐, 그리고 무엇보다 직업의 이해도와 그걸 다루는 사람의 응용이 가장 큰 변수가 되겠지만 어쨌든 그런 것들은 개개인에 따라 바뀌는 것이고 고정되어 있는 직업의 힘은 분명히 밸런스의 파괴를 만들어낼 수 있다.

베타고가 바보가 아닌 이상 그런 직업의 등급을 그대로 놔

두면 분명 게임은 망한다.

아무리 판타스틱 월드가 최초의 가상현실 게임이고 또 하나의 현실이라 불리며 많은 인기를 끌고 또 수많은 유저가 사냥을 하지 않아도 게임에 접속해 시간을 보낸다고 해도.

결국 판타스틱 월드는 MMORPG 장르의 게임이다.

PC 때부터 유저들은 게임 속 존재하는 직업들을 분석하고 또 분석해 1이라도 더 좋은 직업들을 줄 세우는 것에 익숙해져 있고 특히나 롤플레잉이라는 역할 분담에 한층 다가서는 가상현실에서는 어떻게든 조금이라도 더 좋은 직업을 선택해 플레이하고 싶어 하는 게 사람들의 마음이다.

그렇기에 당연히 판월에서도 공개되지 않은 수없이 많은 직업의 정보를 모아 줄을 세우고 있었고 괜찮다 싶은 직업의 획득 경로를 비싼 값에 팔아치우는 경우도 없지 않아 있었다.

수요가 있으면 공급 또한 있는 법. 돈이 되는 곳엔 사람들이 꼬인다.

그런 식으로 거래가 이루어지다 보니 유니크 등급 이상의 직업은 그 직업의 특성을 가리지 않고 일단 천만 단위를 넘어갈 정도로 값어치가 뛰었고 스페셜 등급의 직업은 정말 부르는 게 값일 정도, 아니, 애당초 그런 등급의 직업은 거래 사이트에도 잘 올라오지 않고 은밀하게 아는 경로로만 거래가 되었다.

그 정도 되는 등급의 직업이라면 유일성의 가치도 한몫하니까.

파는 사람은 직업을 얻는 과정을 위해 게임을 해서 돈을 벌어 좋고, 사는 사람은 또 하나의 현실에서 진짜 현실에서는 경험하지 못했던, 남들보다 앞서 달려 나가며 좋은 것들을 선점하고 경험하기 위한 발판을 노력과 시간이 아닌 돈으로 구할 수 있어서 좋고.

그 가운데서 불만인 유저들은 당연히 시간과 돈이 없는 자들이다. 그런 자들이 판타스틱 월드의 대부분이고.

불만은 속출한다. 하지만 그들의 불만은 이루어질 수 없는 불만이었다.

게임 초기부터 그래왔듯 고글 사는 판타스틱 월드의 운영에 있어 일절 손을 댈 의향도 없을뿐더러 베타고의 운영에 간섭할 수 없음을 공개한 상황이니까.

게다가 최첨단 인공지능 베타고는 그런 초반부의 격차, 일반 유저들에게 있어선 유리 천장으로 느껴질 부분에 대한 페널티는 충분히 주었다.

레벨이 전부나 다름이 없는 판타스틱 월드에서 등급별로 주어지는 경험치 페널티.

안 그래도 어려운 레벨 업이다. 거기에 더해지는 페널티는 등급에 따라 낮은 등급보다는 조금 더 효율을 낼 수 있는 고

등급 직업들에게 성장의 어려움을 안겨주었다.

그럼에도 자신의 직업을 잘 활용할 줄 아는 유저들은 경험치 페널티와 직업의 우수함을 교환하며 열심히 성장해 나가지만 뭣도 모르고 일단 좋은 직업부터 산 유저들은 불평불만을 토해내며 오히려 좋은 직업을 산 것을 후회했다.

자연스러운 이치다.

오로지 직업이 전부가 아닌 세상.

좋은 직업으로 페널티를 극복하고 레벨을 올리면 당연히 그 유저가 강하다.

하지만 그 유저가 강해지기까지는 다른 유저보다 더 많은 시간을 썼다.

같은 시간을 썼다고 가정했을 때, 유저의 기량이 같다고 가정하면 당연히 일반 등급의 유저가 레벨이 더 높고 그로 인해 벌릴 수 있는 격차의 방법은 다양하다.

켄지가 레벨로 스페셜리스트에게 밀리고 나서 세력을 꾸리는 것으로 방향을 튼 것처럼.

한시민 또한 마찬가지다.

레전더리 등급의 직업, 그것도 무려 두 개.

그가 가지고 있는 초능력과 같은 능력이 가장 큰 몫을 했지만 어쨌든 그는 대륙을 뒤흔들고 대륙의 역사서에 이름을 남길 정도의 활약을 보였음에도 그런 직업들을 가진 대가로 레벨 업을 포기했다.

그게 페널티고 밸런스다. 그래서 한시민이 한여리가 레전더리 직업을 받을지도 모르는 상황에서도 심드렁했던 것이다.

그런 등급의 직업?

있으면 당연히 좋다.

하지만 성장의 기로가 고정되어 버린다.

경험치 페널티로 인해 사냥은 거의 포기하다시피 하거나 일상을 포기한 채 사냥을 죽어라 하며 직업을 활용할 방법을 찾아야 한다.

즉, 재능만으로는 힘든, 적어도 정설아 정도가 아니라면 재능보다는 캐릭터의 스펙을 통해 승부가 가늠되는 게임에서 그 말은 성장이 더뎌진다는 뜻이고 한시민에게 도움이 되는 순간은 늦춰진다는 뜻이다.

레전더리 등급을 좋아하는 건 아무것도 모르는 신규 유저나 하는 생각.

"오빠, 오빠! 오빠가 사기꾼이라 했던 할아버지가 나 진짜 전직시켜 줬어. 짱이지? 헤헤. 오빠 말대로 의심할 거 다 하고 이상한 짓 하지 않나 거리도 유지하면서 보다가 잘 전직했어. 잘했지?"

"쯧쯧."

그런 신규 유저가 그의 집에서 치킨을 뜯으며 해맑게 자랑이나 하고 있다. 자신이 얼마나 험난한 길에 올랐는지도 모른 채.

걱정이 된다기보다 한숨부터 나온다.

그래도 여동생이다. 그가 느꼈던 경험치 지옥을 그대로 걸어오리라 생각하니 불쌍하기 그지없다.

무엇보다 레전더리 등급의 직업이지만 부럽지가 않다.

한시민이 그토록 원했던 레전더리 등급의 대마도사 다이노를 볼 때처럼.

'그럼 뭐 하냐. 직업 아이템도 나한테 있는데.'

그나마 다행인 점이라면 버퍼라는 것이다. 레벨이 낮아도 쓸모는 있을 것이다.

여차하면 다이노에겐 매정하게 대답했지만 한여리에겐 레전더리 버퍼의 유품인 버프 더 버프를 빌려줄 수도 있다.

해서 방방 뛰는 그녀의 행복을, 동심을 깨지 않기로 했다.

인생사 새옹지마라고 한시민도 사고 한 방에 죽을 뻔한 걸 특별한 기적이 생겨 여기까지 온 것처럼 혹시 또 모르지 않는가.

이렇게 순수하고 세상 물정 모르는 아가씨가 어디 숨겨져 있던 버퍼 소질이 갑자기 깨어나서 하루아침에 대륙을 뒤흔들 유명인사가 될지.

피식.

웃음이 절로 날 정도의 소설이다. 고개를 저으며 치킨이나 뜬었다.

그리고 한마디 던졌다.

"여리야, 레전더리라고 다 좋은 게 아냐. 너무 들뜨지 말고 그 할아버지 있지? 뽑아 먹을 수 있는 건 다 뽑아 먹어. 뭐 가지고 있던 장비라든지 스승이 줬던 물건이라든지 아니면 사냥이라도 시켜."

"응?"

"하긴 네가 뭘 알겠냐. 전직하고 홀로그램 많이 떴지? 그거 들 다시 가서 잘 보면 경험치 페널티라고 있을 거야. 원래 레전더리 등급 직업은 다 갖고 있는 거니까 너무 상심하지 말고. 레벨에 대한 부담은 적당히만 가져. 어차피 버프 쓸 마력만 올리면 되는 거니까. 초반엔 레벨 업 그렇게 어렵지도 않고."

"응."

한여리는 홀로그램을 제대로 읽어보진 않았지만 일단 경청하며 고개를 끄덕였다.

그녀의 입장에선 원래부터 한시민의 말이 무조건 맞았지만 특히 판타스틱 월드에 관해서 한시민은 거의 신이나 다름이 없는 존재.

한시민의 존재를 TV에서 발견하고 오빠를 다시 재회한 뒤 판타스틱 월드에서 그의 활약에 대한 검색을 며칠 밤을 새우며 했다.

그토록 목매달던 공부도 하지 않고 야자 시간에 하루 종일 휴대폰만 붙잡고 있을 정도.

그런 노력을 통해 한시민이 판타스틱 월드에선 훌륭하고 고수라는 사실을 안다.

그녀가 공짜 치킨을 조금이라도 더 먹기 위해 탱탱해진 볼에 다리 하나를 더 집어 들며 머릿속에 새겨 넣었다.

한여리에게 모든 걸 넘겨준 노인은 살날이 얼마 남지 않았다. 애당초 나이로도 죽음이 다가온 상태였고 몸 상태 역시 좋지 않았다.

해서 마지막 순간이었다.

'오늘이군.'

후회나 미련은 없었다. 전설의 뒤를 잇는 자로서 그가 걸어온 길은 결코 부질없지 않았으니.

마지막에 스승의 유언을 지키지 못한 부분이 조금 걸리긴 했지만 저토록 귀여운 손녀 같은 모험가라면 괜찮으리라 위안을 삼았다.

"할아버지! 오빠가 레전더리 직업은 경험치 페널티 먹는다고 하던데 이건 뭐예요?"

"허허. 오라비가 많은 걸 아는 모험가인가 보구나."

"그럼요. 엄청 유명한걸요?"

"모험가들에겐 경험치라고 하지. 대륙인은 그것을 깨우침이라고 한단다. 전설의 유지를 이해하고 그것을 활용하는 데 더 깊은 깨우침이 필요한 건 당연한 일. 하지만 아가, 걱정하지 않아도 된단다. 스승님께선 그런 깨우침마저도 뛰어넘으신 대단하신 분이란다. 버퍼는 모든 것을 축복하는 존재. 자기 자신에게 걸린 신의 제약마저도 축복으로 바꾸고 생을 마감하셨단다."

"네?"

"어렵겠지만 금방 이해할 수 있을 거란다. 모험가들의 언어로 말하면 다른 전설들의 후예와 다르게 빨리 깨우칠 수 있다는 뜻이란다."

"아! 빨리 레벨 업 한다는 거죠?"

"아마 그럴 것이다."

"어? 그러고 보니 경험치 페널티라는 단어는 없네요."

"버퍼는 성장할수록 축복받는 존재. 깨우침을 얻을수록 더 빨리 성장할 수 있단다. 아가, 그럼 할아비는 이만 가 볼 때가 된 것 같구나. 내 선택이 부디 틀리지 않은 걸 대륙에 증명해 보여다오."

마지막 조언과 함께 생의 마지막 모습을 제자에게 보여주지 않기 위해 길을 떠나는 노인.

한여리는 그런 노인을 막을 수 없었다.

"이건 대륙을 모험하는 데 있어 필요한 기본적인 것들이다. 오라비가 있다니 그곳까지 닿는 데 부족함은 없을 것 같아 마음이 놓이는구나."

그녀가 말을 꺼내기도 전에 여행을 하는 데 있어 충분할 만큼의 돈과 음식, 장비가 잔뜩 들어 있는 마법 주머니를 건네었으니까.

당연히 장비들이 좋은지 아닌지 한여리는 모른다.

대충 괜찮아 보이는 무기와 방어구들을 걸치고 쓸 수 있는 스킬을 써보았다.

팟-

1레벨의 유저가 쓰는 버프지만 잠깐의 빛과 함께 몸이 가벼워진 느낌이 그녀에게 다가왔다.

"와, 신기하다."

그와 함께 망설임 없이 토끼에게 달려갔다. 태어나서 처음 하는 살생이라는 거부감은 없었다.

"죽이면 된다고 했지?"

치킨에 소고기도 먹는 마당에 게임에서 몬스터를 죽이는 것쯤이야 어렵지 않았으니까.

한 방에 토끼가 죽었다.

"생각보다 쉬운데?"

한시민에게서 온갖 허세와 더불어 겁을 지레 먹었던 한여리가 고개를 갸웃했다.

몇 번 더 토끼를 잡으니 빛과 함께 레벨이 올랐다.

[레벨이 올랐습니다.]

[획득하는 모든 경험치의 양이 2% 증가합니다.]

본격적인 사기적인 버퍼 직업의 시작을 알리는 폭죽이 터졌다.

Episode 61.

OP

1

한여리는 게임이 재미있었다.

“와, 세다.”

그녀는 레벨이 오를 때마다 한시민이 시킨 대로 마력만 올렸다.

당연히 신체 스텟이 부족하니 레벨이 올라갈수록 몬스터들과 직접적인 결투는 불리할 수밖에 없고 여느 마법사 계열이나 성직자 계열의 직업이 그러하듯 뒤에서 혹은 멀리서 선공을 날리며 한 방에 잡거나 파티를 구해 경험치를 나눠 먹는 식으로 해야 한다.

마법.

현실에는 없는 마력이라는 매개체를 통해 공격하거나 방어하는 유저들이 갖는 페널티.

하지만 레전더리 직업의 버퍼에겐 그딴 게 통하지 않았다.

대륙을 대표하는 다섯 전설 중 한 명이었던 버퍼.

다른 네 명의 특성이 워낙 특출하고 버퍼라는 이름이 워낙 보조적인 느낌이 강할 뿐이지 전설의 버퍼는 말도 안 되는 버프 능력으로 팀원들이나 아군들뿐 아니라 본인조차도 말도 안 되는 힘을 갖게 해준 숨은 사기 직업이었다.

게다가 전설의 버퍼는 버프를 개발하면서 다른 사람들에게 주는 버프보다는 본인이 강해지는 걸 선호했다. 그게 저주를 축복으로 만들 수 있게 해준 원동력이고.

얻는 게 있으면 잃는 것도 있는 법. 자연스럽게 다른 이들에게 적용되는 버프는 약해지게 마련. 하지만 버퍼는 신경 쓰지 않았다.

"뭐, 인마들아. 받기 싫으면 말어. 넌 앞으로 안 준다."

"……."

힐러가 귀족인 게임들의 특징은 힐러 구하기가 하늘의 별 따기임과 동시에 힐러가 있음으로써 무언가를 더 빨리 잡거나 더 쉽게 잡을 수 있다.

거기서 이제 힐러가 왕이 되는 순간은 그 게임에서 힐러가 없으면 보스를 잡는다거나 사냥을 하지 못하는 순간이 되겠지.

그럼에도 힐러 구하기는 별을 따서 우주로 다시 내던질 만큼 어렵기까지 하면 더하고.

그런 의미에서 다섯, 그러니까 영웅이기 이전에 하나의 파티로 대륙을 모험하던 이들에게 약간의 능력 상승도 엄청난 효과로 다가오는 버퍼의 존재는 거의 갑이나 다름없을 수밖에 없었다.

그냥 갑도 아닌 슈퍼 갑.

물론 개개인이 워낙 친하고 그냥 장난으로 하는 장난들이었지만 괴팍하기론 서로 뒤지지 않는 이들끼리 간단한 장난들도 몇 달을 안 보고 하는 경우도 허다했기에 영웅들은 저마다의 취향을 존중해 줬다.

그 결과가 이거다.

극한에 달한 버퍼의 힘, 거기서 이어지는 페널티를 축복으로 바꾸는 기적.

다른 레전더리 직업들도 이런 게 하나씩은 있다.

마왕마저 쓰러뜨리고 대륙의 평화를 지킨 이들에게 그런 게 없으면 섭섭하지 않겠는가. 게다가 이건 게임인데.

대륙에서 가장 좋은 직업들에 필살기 하나쯤은 필수인데 버퍼는 그냥 초반부터 직업을 받는 유저에게 그 궁극기를 준다.

아니, 이게 궁극기인지도 모른다. 그저 다른 사람이 보기에 궁극기처럼 보일 뿐이다.

뭐, 틀린 말도 아니다.

"이얍!"

"꿀!"

"하압!"

"끼엥."

전투라고는 눈곱만큼도 모르는 열아홉 소녀가 전투 본능을 가진 것도 모자라, 그동안 보기만 하면 일단 칼부터 들이대는 인간들 사이에서 살아남아 날카롭게 발톱을 세운 토끼를 애 다루듯 맞아가며 한 방에 죽여 버릴 정도니까.

이게 버퍼인지 탱커인지도 헷갈린다.

아마 제삼자가 보았으면 템발을 잔뜩 세운 부자 유저 중 한 명이라고 생각했을 것이다.

그러거나 말거나 한여리는 한껏 게임에 빠져 사냥을 계속했다.

원래는 두세 시간만 플레이하고 나갈 생각이었지만 그런 어리석은 마음 따위는 레벨 업을 하며 느껴지는 쾌감에 중독되어 언제 있었냐는 듯 깨져 버렸다.

그럴 만도 하다.

레벨 업이란 원래 뒤로 갈수록 어려워져야 하는 법인데 그녀에게 있어 레벨 업은 조금 더 빠른 레벨 업을 위한 발판이다.

물론 그냥 쭉쭉 올라가는 건 아니다.

당연히 레벨이 오를수록 필요 경험치가 늘어나고 그 늘어나는 경험치 통은 버퍼에게 주어지는 레벨당 1%씩 오르는 패시브 추가 경험치 버프보다는 많다.

하나 그건 결코 1%라고 볼 수 없다. 그 바탕엔 원래 추가되었어야 할 경험치 페널티도 존재한다.

한여리가 그걸 겪어보지는 않았지만 한시민에게 몇 시간 동안 세뇌당하다시피 레벨 업은 아주 힘들고 지겹고 하다 보면 차라리 군대를 다시 가는 편이 나을지도 모른다고 생각할 정도로 어려운 것이라고 들은 마당이라 쉽게 느껴졌다.

그런 생각은 레벨 업에 있어 아주 바람직하다.

행복함과 흥미는 사냥에 속도를 붙여준다.

무엇보다 한여리는 저레벨이다.

빛이 계속해서 번쩍였다.

시간이 흐를수록 번쩍이는 속도는 점점 더뎌졌지만 동해안 가파른 절벽처럼 수직으로 떨어지지는 않았다. 레벨이 오르는 만큼 추가되는 스텟도 있고 스킬의 숙련도도 올라가기 때문.

주어지는 스텟을 마력에 찍으면 스킬의 위력이 증가하고 스킬의 위력이 증가하면 걸리는 버프에 따른 힘과 민첩도 상승한다.

뫼비우스의 띠처럼 하나가 늘면 돌고 돌아 모든 게 강해진다.

그 강해진 힘으로 강한 몬스터를 더 쉽게 잡을 수 있고 필요한 경험치는 그에 맞춰 늘고 얻는 경험치 또한 레벨이 올라갈수록 추가로 더 받으니 이 얼마나 한시민의 강화 100% 확률만큼 말도 안 되는 사기란 말인가.

만약 거기에 한시민이 갈취한 버프 더 버프까지 더해진다면.

후반에는 어떻게 될지 모른다.

하나 확실한 것 하나는 적어도 지금 한여리 정도의 게임 이해도를 가지고 있는 유저가 버퍼를 가지고 이토록 활용할 수 있다는 건 초반에 이보다 좋은 직업이 없다는 뜻.

아는지 모르는지 한여리는 신나게 사냥을 계속했다.

시간은 빠르게 흘렀다.

카르디안을 타고 움직인다고 해도 미지의 반지를 강화하는데 운이 나쁘면 대륙의 반대편까지 향해야 하는 일들의 연속이다 보니 뭐 한 것도 없는데 빠르게 흐를 수밖에 없었다.

그것도 10강 넘어서도 아닌 저강화에서다.

화가 날 법도 하건만 한시민은 차분하게 강화 명당이 시키는 대로 향해 필요한 것들을 준비하고 강화를 했다. 그건 어디까지나 반지가 갖는 신비주의 때문이다.

'이렇게 고생시키는 거 보면, 그럼에도 아직까지 설명이 하나도 안 나온 거 보면 분명 뭔가 있는 아이템이다. 적어도 에픽 레전더리 혹은 갓 등급?'

사람이라는 게 행복회로를 돌리기 시작하면 밑도 끝도 없다.

게다가 한시민은 그냥 인간도 아니다.

만족이라는 걸 모르는 놈. 자신이 1을 주면 10을 받아내야 하는 놈.

그런 그가 지겨움을 참고 노력을 해가며 무언가에 몇 주 이상 열중하고 있다.

이건 거의 게임 초기 스페셜리스트에게 돈을 뜯어내며 경험치 버프나 주던 때와 비슷한 느낌.

그 느낌에서 이제는 그의 단가까지 올라가 버렸다. 무언가 안 떠준다면 결코 그냥 넘어가지 않으리라는 강한 의지까지.

물론 베타고는 한시민의 강렬한 기도에 대답하지 않았다. 그냥 혼자 기대하는 것뿐이다.

기대하는 한시민에게 오랜만에 한여리의 연락이 왔다.

-오빠!

"어, 무슨 일이야."

오랜만에 찾은 동생이지만 한 몇 주 또다시 잊고 살다 보니 잠시 기억 속에서 지운 존재.

대륙에 남은 하나의 레전더리 직업의 주인이 되었다고 해맑게 자랑하던 한여리의 얼굴이 목소리를 듣고 나서야 떠올랐다.

매정하다고 할 수 있지만 하루 종일 게임만 하는 폐인의 어쩔 수 없는 슬픔이다.

그래도 연기 하나는 잘하는 한시민이 전혀 잊은 적이 없는 척 반갑게 맞아주었다.

“뭐 좋은 거 주웠어? 아니면 레벨 업이 너무 힘들어? 그치? 힘들 만하지. 그 레벨엔 다들 잘 오를 거라고 생각하는데 원래 처음이 더 힘들어. 특히 게임 처음 하는 애들한텐. 몬스터들은 더럽게 강한데 또 인공지능까지 있어서 쉽게 잡을 수도 없고. 버퍼는 더군다나 혼자 사냥도 안 되고. 경험치 필요량은 더럽게 많고. 너무 급하게 하려 하지 말고 천천히 파티 구해가면서 해봐. 오빠가 도와줄 수는 있는데 그러면 게임이 너무 재미가 없고 네가 직업을 다루는 법을 익힐 시간이 없어.”

그리고 이어지는 오빠다운 느낌의 충고들…… 보다는 경험에서 우러나오는 베타고에 대한 분노.

“빌어먹을 베타고 자식, 원하지도 않는 레전더리 직업 주더니 경험치 페널티는 엄청 먹이고. 후.”

한여리는 그런 분노를 들어주고 태연하게 말했다.

-오빠, 그게 아니라 사냥터 물으려고.

"웬 사냥터? 저레벨 때는 그냥 성 주변의 동물들 잡다가 10 넘고 15쯤 되면 짐승들 도전하라고 했잖아. 벌써 잊었어? 아니면 힘들어? 그럼 그냥 시간 좀 더 걸리더라도 토끼들 위주로 잡아. 오래 걸려도 상관없어."

-오빠, 나 거기 벌써 다 잡았어.

"엥?"

-오빠 말대로 해서 레벨 20 됐어. 이제 어디 가?

"……?"

역시 게임 초보는 이래서 안 된다며 혀를 차던 한시민의 걸음이 멈춰 섰다.

"20?"

-응, 그냥 오빠가 말한 대로 짐승들 계속 잡았는데 이제 슬슬 안 오르는 거 같아서. 더 강한 몬스터들도 잡을 수 있을 것 같고. 나 어디로 가 이제, 오빠?

"……."

도통 이해할 수가 없는 말이다.

한시민의 시선이 자연스럽게 열심히 사냥을 하고 있는 스페셜리스트에게 향했다.

"설아 씨."

"네?"

"혹시 저레벨 구간에서 20까지 얼마나 걸리셨어요?"

"저요? 좀 걸렸죠. 한 달? 조금 안 된 거 같기도 하고. 너무 오래전이라 기억이 잘 안 나네요."

그래, 맞아.

정설아랑 만났을 때가 그녀가 레벨이 10 근처였을 때로 기억한다. 그때가 한시민이 성에서 강화를 배우기 위해 아등바등하던 때고.

너무 오래된 기억이라 선명하지는 않지만 어쨌든 정설아가 그랬다.

정설아뿐 아니라 다른 유저들 또한 마찬가지였다.

초반부는 그 누가 와도 그 정도의 시간이 걸린다. 아무리 사냥 루트가 시간이 흐르며 굳건해지고 했어도.

그런데 한여리의 레벨 업 속도는 정상이 아니다. 그녀가 거짓말을 할 리도 없다. 무엇보다 레전더리 등급의 직업이다. 페널티는 그가 누구보다 잘 안다.

"여리야, 너 버그 쓰냐?"

-버그가 뭐야?

"……버그 같은 게 있을 리가 없지. 그럼 대체 어떻게 경험치를 그렇게 빨리 먹어. 아니, 그보다 몬스터는 어떻게 잡아."

-그냥 버프 쓰고 레벨이 오르니까 주는 경험치도 많아지던데?

"뭐?"

거기까지 대화를 나누었을 때, 한시민은 대화를 포기했다. 생각도 포기했다.

애당초 버퍼라는 존재는 계산에 없었고 추측도 불가능한 직업이다. 강화사가 그러했고 테이머가 그러했듯.

반지를 들고 명당으로 향하던 한시민이 반지를 주머니에 처박았다.

"저 잠깐 동생한테 좀 다녀올게요."

모르는 게 있으면 눈으로 보고 해결하는 게 최고다.

풀리지 않는 의문과 당연하다는 듯 전해져 오는 혼란스러운 진실을 확인하기 위해 한시민이 나섰다.

2

한시민은 초보 시절 남들과 다른 포스를 뽐내며 몬스터들을 학살하고 다녔다.

15강 무기, 15강 방어구.

눈에 띄기 싫어서 혹은 초보자 행세를 하기 위해 이펙트를 끄고 다니기도 했지만 입기만 해도 진홍빛이 번쩍이는 장비들은 다른 유저들로 하여금 상대적 박탈감을 들게 하는 동시에 부러움을 살 수밖에 없다.

왜 다들 비싼 가격만큼 실용성이 떨어진다는 걸 알면서도 명품을 찾겠는가.

이름값.

그것을 들고 다니면 다른 사람들에게 나는 조금 특별한 사람처럼 보이리라는 기대감. 그것 때문이다.

판타스틱 월드 역시 마찬가지다.

내가 강화사로서 강화를 열심히 했구나, 이 정도면 그래도 비싼 돈 들여서 강화석 사고 열심히 명당 찾아 강화한 보람이 있구나.

다른 유저들은 내가 얼마나 고생했는지는 모를 테니 이 화려한 모습들만 보고 부러워하겠지.

어깨가 으쓱인다.

남들이 갖지 못하는 아이템을 자랑할 때의 그 쾌감은 잊지 못한다.

비록 한시민이 사냥을 포기했고 이제 돈도 벌 만큼 번 데다가 다른 사람들의 부러워하는 시선 따위 돈이든 여자든 판타스틱 월드를 시작한 이후 꾸준히 계속 받아왔기에 익숙해졌다고 해도 여전히 그때의 기억은 간직하고 있다.

그리고 나름 자부심도 갖고 있다.

그런 화려한 성장은 한시민 이후로 누구도 불가능할 것이다.

누가 가능하겠는가.

저레벨부터, 토끼를 때려잡을 때부터 혹은 짐승들과 뒹굴 때부터 홀로 번쩍이는 저 레벨 15강 세트를 맞추고 시선을 집중시키며 사냥하는 것이.

쩔을 받는다면야 불가능한 건 아니지만 어쨌든 오라를 휘날리며 하는 사냥은 그를 뛰어넘을 자가 없다 확신했다.

한여리의 연락을 받고 부리나케 달려와 숲 초입부에서 멀리서 봐도 눈이 찌푸려질 정도로 광채를 휘날리며 늑대 무리를 쥐어패고 있는 그녀를 발견하지 전까지만 해도.

분명 확신했었다.

"……."

그런데 그녀를 보자마자 그 확신이 깨졌다.

한시민은 눈치가 빠르다. 빠르고 현실을 그 누구보다 직시할 줄 아는 남자다.

분명 한여리는 레벨이 20밖에 되지 않았다고 했다.

20이면 한시민도 저렇게 화려하게 놀지는 못했었다. 아니, 일단 온몸에서 뿜어내는 오라 자체부터 느낌이 다르다.

한시민의 진홍빛도 고고해 보이지만 그건 어디까지나 버퍼의 오라를 보지 못했기 때문에 그 자리를 잠시 맡아놓은 것이라고 말하듯 버퍼의 이펙트는 세상에 광고라도 하듯 찬란하고 화려했다.

사실 그게 중요한 건 아니다.

겉으로 보이는 것이야 언제나 허수가 존재하니 오죽하면 속이 중요하다는 말까지 나오겠는가.

뭐든 겉으로 보이는 것만큼 속도 알차야 한다.

"……."

한여리는 그 속마저 알차 보이는 버프를 뻥뻥 써댔다.

이미 짐승들이나 잡을 레벨, 그것도 숲 초입에서나 보이는 짐승을 때려 팰 레벨은 지난 것은 맞지만 그녀는 버퍼다.

미쳤다고 한시민의 말을 듣지 않고, 다른 스텟에 포인트를 투자하지 않은 이상 저건 불가능한 일이다.

그렇다는 건 하나다.

버퍼가 사기라는 것.

한시민이 다가갔다.

"여리야."

"오빠!"

해맑게 다가온 한여리가 한시민의 심장을 후벼 팠다.

"나 그새 1업 또 했어!"

"……."

"추가 경험치 혜택이 1% 더 늘었어! 완전 재밌다. 헤헤, 내일 학교도 가지 말아야지."

"……."

속이 쓰리고 하늘로 시선이 절로 향한다.

빌어먹을 베타고 새끼.

지금까지는 농담 반 진담 반으로 욕을 했었지만 지금 심정으로는 정말이지 당장에라도 하늘 위로 올라가 만날 수만 있다면 멍치를 주먹으로 세게 세 대 정도 때리고 머리채를 쥐어뜯고 싶었다.

단순히 하나의 차이만으로.

"그러니까 레전더리 등급 직업 주제에 경험치 페널티가 없으시겠다?"

"응! 무슨 저주를 스승님의 스승님이 축복으로 바꾸고 가셨대."

"그러니까 페널티도 없는 주제에 레벨이 오를 때마다 경험치 버프가 패시브로 1%씩 적립되시겠다?"

"응! 오빠 말대로 마력까지 다 찍었더니 레벨 오를수록 버프 레벨도 올라서 다른 스텟도 많이 올라. 역시 오빠 말만 들으면 자다가도 떡이 떨어진다니까. 우리 이제, 아니지, 오빠는 이미 부자니까 나도 이제 금방 부자 될 수 있는 거지? 레벨도 얼른 100까지 올려서 오빠랑 같이 사냥도 하고 싶다."

"……."

1년 반을 플레이해서 이제 60레벨인 한시민 앞에서 아주 그냥 염장을 지르다 못해 지지는 한여리의 철없는 발언.

아니, 굳이 한시민이 아니더라도 스페셜리스트뿐 아니라 판타스틱 월드를 플레이하고 있는 유저들이 들으면 어이가 없을 만큼 화도 못 낼 만큼 귀여운 발언이다.

물론 그럴 수 있다.

당장 그녀의 말도 안 되는 레벨 업 속도는 충분히 현재 랭커들의 레벨까지 그녀가 게임을 1년 반이나 뒤늦게 시작했다는 걸 망각하고 꿈꿔 볼 정도로 빠른 것은 맞으니까.

다만 뒤로 갈수록 레전더리 등급의 직업만으로 지금처럼 빠르게 사냥할 수 없다는 점과 현재 100레벨을 넘긴 스페셜리스트도 그녀만큼의 사기적인 경험치 패시브는 아니지만 한시민에게 엄청난 버프를 받으며 사냥했다는 점이 걸릴 뿐.

웃긴 건 그런 문제들을 또 한시민이 해결해 줄 수 있다는 점이다.

어이가 없고 웃기지만.

한시민은 문득 그런 생각이 들었다.

'만약 버프 더 버프에 내 축복의 반지까지 더해진다면? 테이밍된 펫들로 서포트해 주고 대놓고 키우면 내 레벨은 과연 몇 달 만에 잡힐까?'

레벨을 포기한 것도 포기한 것이지만 토 나오는 550%의 경험치 페널티 때문에 그간 잡고 싶지 않아도 잡았던 수많은 고레벨 몬스터의 경험치를 어쩔 수 없이 먹었음에도 60이다.

그 레벨이 마음먹고 달리는 사기 캐릭터에게 잡힐 때까지의 기간.

그게 궁금했다.

역대 최단, 최고 빠른 속도로 레벨 업을 했다고 이미 유저들 사이의 판타스틱 월드 역사서에 기록되고 있는 스페셜리스트의 기록을 깰 수 있지 않을까.

당연히 한여리가 아닌 그 어떤 다른 사람이었다면 이런 생각을 하지 않았을 것이다.

이건 돈 문제를 떠나 한시민이 아주 귀찮아야 하고 다른 걸 포기해야 하며 동시에 희생해야 한다.

땡전 한 푼 없는 거지 시절 가능성이 보이는 한여리를 키워 돈을 함께 벌어보겠다는 강한 의지 대신 어떻게 대충 숟가락 하나 걸쳐 더 벌어보겠다는 심보로 한여리를 판타스틱 월드에 끌어들인 그에게 있어서는 아주 고민되는 문제.

하지만 고민 끝에 한시민은 결정했다.

마지막 순간에 초심을 되찾았다.

그래도 게임은 그에게 있어 재미였으니까.

이제는, 통장에 돈이 많은 지금은 미래를 위해 투자하는 셈 치고 호기심을 푸는 동시에 실험 정도는 해볼 수 있지 않을까.

'무엇보다 친동생이니까'라는 가족을 위한 마음보다는.

'설마 여리가 먹고 튀진 않겠지.'

지금껏 본 동생의 심성에 걸기로 했다.

언제나 그렇지만 한시민은 마음을 먹기가 어려울 뿐이다.

"여리야, 오빠가 도와줄까?"

"응!"

한여리는 망설임 없이 기쁘게 고개를 끄덕였다.

그런 아무런 고민 없는 표정에 노파심을 갖고 한마디 던졌다.

"진짜 힘들 수도 있어. 그냥 재미로 사냥이나 조금 하면서 레벨이나 올리는 그런 게임이 아니라 진짜 돈을 벌기 위한 일을 할 거니까."

무언가 인생 선배이자 판타스틱 월드로 성공한 자의 경험담이자 조언이랄까.

진지한 말에도 한여리는 고개를 끄덕였다.

"할 수 있어, 오빠. 나도 돈 많이 벌어서 펑펑 쓰고 다닐래."

"……."

진짜 할 수 있을지 없을지는, 아니, 어차피 한시민은 그녀가 못 한다 해도 하게 만들 수 있기에 그녀를 데리고 움직였다.

지금껏 대륙에 판타스틱 월드가 오픈하고 1년 반 동안 보이지 않던 마지막 레전더리 직업 '버퍼'.

모든 직업이 갖고 있는 경험치 페널티를 오히려 축복으로 바꾸어 레벨이 오를수록 강해지는 직업.

그걸 직접 옆에서 본다.

어찌 됐든 설렜다. 그리고 그 설렘은 오래 가지 못했다.

팟-

빛이 번쩍인다.

버프 더 버프는 아쉽게도 한시민에게 귀속되어 줄 수는 없지만 그의 첫 번째 작품이자 그를 여기까지 성장할 수 있는 발판을 마련해 준 +15강 축복하는 헌신의 반지의 효과를 통해 추가 경험치 60%에 온갖 버프와 한시민의 보조로 10레벨 이상 차이 나는 몬스터를 사냥함으로써 얻는 5%, 거기에 토끼들을 통한 추가 20%까지.

총 85%의 경험치 버프 효과가 버프 더 버프를 통해 170%까지 증폭되어 그녀에게 적용된다.

그것만 해도 남들이 토끼 한 마리를 잡아 1의 경험치를 먹으면 그녀는 혼자 2.7을 먹는 셈.

그런데 그녀는 또 레벨이 오를수록 얻는 경험치 버프까지 더해서 먹는다.

그렇게 먹는 게 거의 200%가량.

한시민의 필요 경험치 페널티가 550%니 같은 시간 사냥을 하면 효율이 7배 이상 차이가 난다는 뜻이다. 단순 계산으로만 쳐도 한여리가 한시민의 레벨을 따라잡을 기간이 2개월 남짓이라는 뜻이고.

거기에 한시민이 강화한다고 대륙을 싸돌아다닌 시간을 제외하면…….

"한 달 안에 잡겠네."

60레벨을.

현시점에서 판타스틱 월드를 즐기는, 사냥을 주로 하는 유저들의 평균 레벨을 보면 사실 그리 높은 레벨은 아니다.

중위권 정도.

60레벨은 현 위치에서 딱 그 정도다. 하지만 분명한 건 결코 한두 달 플레이해서 도달할 수 있는 레벨 또한 아니다.

또 하나의 세상이다.

그냥 게임 시작하자마자 뭣도 모르고 현질 하면서 2~3년 플레이한 유저들보다 강해져서 그 맛으로 하나둘 배워가는 그런 게임이 아니라는 뜻이다.

당장 시작한 성에서 벗어나지도 못해 레벨 올릴 생각조차 못 하는 유저가 태반.

그 가운데 시작하자마자 한 달도 안 되어 35레벨을 달성했다.

이제 내일이면 딱 한 달이긴 하다.

"미쳤다. 베타고 이 새끼야, 버퍼 너프 안 하냐."

옆에서 지켜본 한시민이 욕지거리를 절로 내뱉었다.

마음먹고 밀어준다고 밀어줬지만 이건 너무 심하지 않은가.

이런 생각마저 들었다.

'내가 지금까지 강화사 되고 테이머까지 먹고 생고생을 한 게 다 여리 밀어주려고 그런 건가.'

정말 모든 게 버퍼를 위한 안배인가 싶을 정도로 보조하는 게 편했고 효율적이었다.

온전히 한여리가 경험치를 전부 먹을 수 있게 테이밍된 몬스터들이 다른 몬스터들을 길들여 사냥감들을 가져다주었고 처먹는 경험치 양이야 두말할 필요가 없었고.

거기다 더해지는 하나의 변수.

"와, 재미있다. 오빠, 진작 게임 할 걸 그랬나 봐. 헤헤, 딱 내 취향이다."

"안 졸려?"

"응, 공부할 때도 뭐 3~4일 새우는 건 일도 아니었는데. 이건 캡슐이 가수면까지 하게 해주니 편한데? 공부할 때도 남들처럼 캡슐에서 할걸. 다들 게임 하려고 핑계 대는 건 줄 알았는데 진짜 좋다."

한여리의 인내와 끈기, 흥미와 열정.

그녀는 스페셜리스트와 비교해도 전혀 꿇리지 않을 정도로 열심히 게임 했다. 그러다 보니 밀어주는 입장에서도 배 아프면서도 뭔가 더 해주고 싶었다.

한여리는 그런 매력이 있었다. 천하의 한시민마저도 본을 뽑아 먹는, 그 기질을 서서히 보이고 있었다.

물론 한시민은 부인하겠지만.

"빨리 나도 레벨 올려서 오빠처럼 돈 많이 벌래!"

그렇게 대륙에 또 하나의 파문을 일으킬 조약돌 하나가 조금씩 크고 있었다. 잔잔한 연못 같은 대륙의 고요가 깨질 것 같은 시기에.

3

한시민은 공과 사를 구별한다. 어떤 상황에서도.

그게 심지어 적과의 동침일지언정 한시민은 그게 자신에게 득이, 아니, 돈이 된다면 기꺼이 자존심을 버리고 그럴 준비가 되어 있는 남자다.

해서 한여리의 말도 안 되는 성장 속도와 더불어 레벨이 오를수록 보여야 할 단점은커녕 점점 장점만 늘어나는 전설의 버퍼라는 직업을 보면서도 결코 무시하거나 배척할 생각 대신 공적인 임무를 수행했다.

"여리야, 여기 사인 좀 하자."

"응?"

"계약서야. 오빠가 보니까 너 굳이 기다릴 필요 없이 당장에라도 돈을 벌 수 있는 콘텐츠가 생각났어."

"와! 정말?"

"어, 그러니까 서명하자. 오빠 아니면 쉽게 못 뜨는 거 알지? 밑바닥부터 박박 기어오르려면 온갖 더러운 꼴 다 봐야 하는데 오빠랑 계약해서 하면 일단 방송만 켜도 들어오는 시청자가 기본 3만 명이야. 어때, 끌리지?"

"그럼 오빠랑 방송하는 거야?"

"그렇지. 네가 계약해서 오빠 채널로 개인 방송 켜도 되고. 당연히 처음엔 오빠가 많이 도와줄 거야. 찾아보면 알겠지만 TV에서 이름 좀 날리던 아이돌이나 배우들도 판타스틱 월드로 돈 좀 벌겠다고 뛰어들어도 지금 밑바닥부터 시작해서 성공하는 건 엄청 어려워. 시청자들의 수준이 그래도 예전보단 많이 좋아졌지만 전 세계에서 보는 만큼 갑질하는 새끼들이 어디에나 있고 특히 하꼬방에는 아주 그냥 너같이 예쁜 애들만 보면 발정 나서 벗으라고 침 질질 흘리는 놈들이 득실거리거든."

영혼을 담아 설득하는 말에 한여리가 흔들렸다.

뭐 사실 흔들릴 것도 없다. 그녀는 한시민에 대한 신뢰가 가득하니까.

"응, 오빠만 믿을게."

선망의 대상인 데다가 가족인 오빠가 나에게 사기를 치지는 않을 것이다. 그리고 한시민은 그녀가 생판 모르는 이 세상에서 당당히 성공해 돈을 많이 번 자다.

이 두 가지 조건만으로 그녀가 계약서에 서명하는 건 별로 힘든 일이 아니었다.

한시민이 수작을 부렸으면 당장에라도 카르디안 꼴을 면하기 힘든 상황.

하지만 한시민은 가족에게까지 그런 노예 계약서를 내미는 짓은 하지 않았다.

"여리야, 계약서는 오빠 말고 다른 놈이 내미는 건 무조건 열 번 이상 꼼꼼히 단어 하나까지 읽어. 세상엔 오빠 말고 다 사기 치려는 놈들뿐이니까. 알았지?"

"응."

"우리끼리 계약서가 뭐 필요하겠느냐만 그래도 금전적인 거래엔 항상 계약이 필요한 법이니까 형식적으로 받아만 두는 거야. 나중에 오빠한테 다른 말 하면 안 되니까."

"절대 안 그럴 거야."

"그래, 별건 없고 아까 말한 것처럼 초반에 방송에 대해서 조금 알려주고 돈도 벌 수 있는 꿀팁도 특별히 공유해 줄게. 어느 정도 개인 방송 시청자가 모일 때까지 같이 방송도 해주고."

"와아."

"그리고 제일 중요한 수익은 오빠가 비싼 시간 버려 가면서

도와주는 거니까 9.5대 0.5로 했어. 하, 진짜 동생만 아니면 월 고정 수익으로 하는 건데. 특별히 퍼센트로 줄게."

"내가 0.5야?"

노예 계약서는 아니지만 비슷한 느낌의 계약서이긴 했다.

한시민을 절대적으로 믿는 한여리조차도 눈살이 찌푸려질 정도로 작은 비율이다.

세상 어디에 가도 이런 계약서는 없을 것이다.

아무리 갑과 을이 존재하는 세상이고 갑이 원하는 대로 을이 따라야 한다지만 고작 0.5를 먹기 위해 일을 하는 계약이라니.

사회생활이 부족한 한여리도 이건 뭔가 문제가 있음을 느꼈다.

하나 한시민은 눈썹 하나 꿈적하지 않았다. 그는 세계의 부를 움켜쥐고 뒤흔드는 켄지와의 거래에서도 언제나 항상 유리한 고지를 잡고 거래를 이끌어 내는 사람이다.

어디까지 본능적인 인성에서 나오는 행운이나 다름이 없지만 그런 행운들이 쌓이고 쌓여 경험이 되고 노련함이 되었다.

인생 초보.

그것도 평생을 지켜본 여동생 하나 구워삶는 것쯤은 아무것도 아니다.

그렇기에 듣기에도 애매한 말들을 먼저 내뱉었고.

"이럴 줄 알았어. 여리, 너 처음부터 그렇게 돈만 밝혀서 성공할 수 있겠어? 인마, 오빠는 처음 방송 시작할 때 돈보다는 시청자 모으겠다고 있는 돈 없는 돈 다 끌어모아서 시청자들 혹할 만한 콘텐츠 만들겠다고 잠도 안 자고 또 시청률 좀 나오는 방송 있으면 가서 돈 내고 제발 한 번만 나오게 해달라고 빌었는데. 싫으면 마."

앞으로 또다시 이런 말이 나오지 않도록 밑밥을 깐다.

있는 돈 없는 돈은커녕 남의 돈을 끌어다가 썼고 없는 얘기까지 막 지어내며 열변을 토한다.

"그리고, 어? 0.5라고 해서 만만히 보는데. 오빠가 방송 한 번에 버는 돈이 얼만지나 알아?"

토하고 쐐기를 박는다.

주변을 살피며 눈치를 본 뒤 누가 들으면 안 된다는 듯 가까이 다가가 한여리의 귓가에 속삭인다.

"이거저거 다 떼고 30억 좀 넘어."

"헉!"

넘어오지 않을 수가 없다.

0.5라는 단어에만 집착하던 한여리의 머릿속은 이제 0.5가 아닌 거기에 30억이라는 숫자를 곱하고 있을 테니까.

"30억에 0.5면……."

"1억 5천이지."

"헉!"

평생 1억 5천은커녕 150만 원도 쉽게 만져 보지 못한 한여리의 입에서 헉 소리가 나왔다.

"매일 방송하면 한 달에 얼마일까?"

"……."

굳이 뒷말은 안 해도 상관은 없었다. 하지만 이럴 때일수록 꿈은 크게 꾸게 하는 게 좋았다.

"오빠, 나 열심히 할게. 하루에 두 번씩 켜면 한 달에 90억. 1년만 열심히 게임 하고 세계 여행 다닐래!"

목표가 생긴 인간은 악착같이 일하는 법이니까. 한시민처럼.

한시민이 자랑하듯 말했지만 실제로 판타스틱 월드에서 진행하는, 고글사의 개인 채널을 만들고 방송을 통해 저렴한 수수료로 스트리밍을 진행해 돈을 버는 시장은 게임이 오픈한 지 1년 반이 지난 현재 엄청난 돈이 된다고 이미 증명되었고, 당연히 어떻게든 꿀을 한번 빨아보겠다고 달려드는 스트리머의 숫자는 스트리밍을 보는 시청자 수보다는 덜 하지만 개인 방송의 전성기가 왔다고 해도 과언이 아닐 정도로 많다.

그중에서 최고라 손꼽히는 단연 1등 한시민.

자랑할 만하다.

걸어 다니는 대기업도 아니고 글로벌 기업.

시청자 수는 전 세계의 개인 방송 시청자 수에 비하면 그리 많다고는 볼 수 없지만 무지막지한 시청료를 감안할 때 유료 방송의 전설로 남을 것이고, 역시 말한 대로 그의 방송을 통해 업혀갈 수 있다는 건 행운이자 축복이자 기적이라고 봐도 이상하지 않다.

실제로 엄청난 양의 쪽지가 매일 도착한다. 자신을 어필하며 방송에 나가고 싶다고.

돈을 내도 좋고 심지어는 원하는 모든 걸 주겠다는 은밀한 제안도 종종 왔다. 이름만 들어도 알 만한 여자 연예인에게서.

그만큼 개인 방송의 영향력은 대단하다.

하다못해 한시민이 방송할 때 어그로라도 끌려고 노력하는 PJ도 많다.

그런 한시민이 더 대단한 이유는 다른 상위 PJ들과 비교해 진행하는 콘텐츠의 종류가 지금까지는 상당히 제한적이었다는 것이다.

사실 다시 보기를 보면 뭐 특별한 게 있지도 않다.

무조건 성공하는 강화, 마계에서의 스토리, 대륙의 메인 퀘스트를 이끌어 가는 에피소드.

크게 정리하면 이게 끝이다. 나머지는 다 자잘한 내용에 미녀들이 전부.

그럼에도 방송만 켜면, 그런 영양가 없는 방송이 대부분인 걸 알면서도 20만 원이라는 금액을 결제하고 들어오는 시청자가 최소 2만 명이다.

전 세계 2만 명이 아무 할 일 없이 한시민이 그냥 방귀만 뀌기 위해 방송을 켜도 20만 원을 선뜻 지불하는 것이다.

거기에 더해지는 광고 수익은 말할 필요도 없겠지.

당연히 사람들의 이목을 집중시킬 콘텐츠를 진행하면 그 숫자는 더욱 늘어난다.

스트리밍을 검색하는 재미로 사는 사람들에게 20만 원이라는 돈은 크지만 지불할 가치가 있는 금액이니까.

해서 한시민이 친히 공지를 올려 개인 채널을 방문하고 즐겨찾기 해놓은 사람들에게 육성 콘텐츠를 진행한다고 했을 때, 시청자들은 열광했다.

동시에 의문을 가졌다.

-시민이 육성을?

-그 흔한 육성?

-경험치 페널티가 550%라고 들었는데.

-가능한 건가?

-사냥 방송은 싫은데. 차라리 스페셜리스트랑 노가리 까는 거면 좋겠는데.

-스페셜리스트랑은 따로 움직이는 걸로 알고 있음.

-뭐지? 뭐야.

-가야 하나?

새로운 콘텐츠다. 기대와 동시에 걱정이 된다.

원래 한시민의 방송의 매력에 빠진 사람들은 변화가 두렵고 낯설 수밖에 없다.

또 육성 콘텐츠는 개인 방송을 진행하는 유저들의 90%가 써먹는 콘텐츠다.

그 말은 새롭지 않다는 것이며 수없이 많은 직업이 나오는 가운데 육성과는 전혀 맞지 않는 한시민의 직업이 재미를 이끌어 낼 수 있느냐에 대한 의문도 자연스럽게 나온다.

하지만 수많은 논란은 오래가지 않았다.

-어차피 볼 놈은 보겠지.

-시민은 우리를 배신하지 않음. 항상 예쁜 사람은 꼭 나오더라. 이번엔 또 누가 나올까.

-뭐가 있으니까 평소엔 쓰지도 않던 공지까지 썼겠지.

-우리가 뭐라 해도 지 방송은 할 놈임.

다들 알고 있었으니까. 한시민은 그런 놈이라는 걸.

커뮤니티는 물론 게임 뉴스에서까지 다뤄질 정도로 한시민의 영향력이 커진 상황에서 어그로는 성공적으로 끌렸다.

그리고 방송이 시작되었다.

4

방송의 제목은 자신감이 넘쳤다.

[판월 1등 육성 방송]

간단하고 명료하게. 동시에 호기심을 이끌어 내는.

시청자들은 손이 근질거리는 걸 참으며 광고를 보았다. 남녀노소 국적을 불문하고 인간이 갖는 본능이랄까.

남이 하는 말에 딴지를 걸고 싶은 본능.

그리고 그건 유독 1등이라는 단어를 가져다 쓰는 사람에게 더 냉혹하게 적용된다.

온갖 트집을 잡고 비꼬고 내리게 하고 싶다. 하나 방송에 입장한 유저들은 이번만큼은 강퇴를 신경 쓰지 않고 합리적인 비판과 비교를 하려고 준비한 손가락을 놀리지 못했다.

-뭐야.

-예쁘다.

-이번엔 고딩이냐…….

-이 남자의 끝은 어디란 말인가.

-와, 또 낚였네. 그냥 여캠이라 써라. 매번 낚여서 너무 고맙잖아.

풋풋함이 묻어 있는, 첫 방송의 컨셉을 잡아주기 위해 구해온 15강 짧은 치마가 인상적인 교복을 입은 한여리를 보았으니까.

한여리는 늘어나는 시청자 수를 보면서도 긴장하지 않았다.

오빠를 쏙 빼닮은 천성.

시청자 수를 돈으로만 보는 현명한 자세.

-이야~ 진짜 시민, 이놈은 상술 하나는 최고다. 스트리머 99%가 육성으로 어떻게 성공하나 생각할 때 이놈은 육성이란 이름 걸어놓고 외모로 조지네.

그리고 시청자들이 모일 만큼 모이고 이런 반응이 올라올 때.

한여리가 버프를 걸기 시작했다.

"혼자만 배 아파 돼질 수는 없지."

한시민의 나지막한 중얼거림과 함께 방송이 시작되었다.

5

방송이 켜졌을 때, 시청자들은 의문과 걱정을 갖고 들어오면서도 많은 기대는 하지 않았다. 언제나 그랬듯 한시민의 방송은 큰 기대를 하지 않고 보면 훨씬 더 재미가 있으니까.

마계 에피소드에선 1분 1초가 눈을 뗄 수 없는 긴장의 연속이었고 강화도 방송을 위해 한시민이 가끔 실패해 주기도 하니.

어차피 결과는 15강이라는 걸 알면서도 긴장의 끈을 놓지 못하게는 하지만 그 외엔 특별히 콘텐츠 자체가 재미있던 적은 없었으니까.

소소한 일상의 대화.

하루 20시간 이상을 판타스틱 월드만 플레이하는 판창들의 일상.

쉽게 찾아볼 수 없지만 또 현실에서는 판타스틱 월드가 선풍적인 인기를 끌고 판타스틱 월드로 생계를 이어감과 동시에 많은 돈을 버는 유저들이 늘어남에 따라 증가하는 그런 폐인들과는 다른, 비주얼과 재력이 겸비된 폐인들의 삶.

궁금하다.

그런 이들의 일상은 딱히 별다른 콘텐츠가 없어도 몇 시간이고 방송을 켜놓고 볼 수밖에 없다.

해서 한여리가 등장한 육성 방송 또한 마찬가지였다. 그냥 그 자체만으로도 좋았다.

한시민에게 시청자들은 많은 걸 바라지는 않았다.

육성을 얼마나 재미있게 할까보다는 저 여자는 이번엔 또 한시민과 어떤 관계일까? 저 여자도 돈이 많을까? 이런 생각들만 해도 시간이 흐른다.

그랬었다, 분명 20분 전까지만 해도.

육성을 가장한 여캠으로 한시민의 고도의 수금 방송이라 생각했던 그때까지만 해도.

아니, 한여리가 화려한 버프들을 뽐내며 홀로 몬스터들을 향해 달려갈 때까지만 해도 분명 그렇게 생각했었다.

"……."

"……."

하지만 지금은 그 누구도 그렇게 생각하는 이는 없었다.

화려한 버프만큼이나 빛이 나는 한여리의 외모와 타이트한 교복 사이로 드러나는 몸매에 집중하는 시청자의 숫자보다 죽어 나가는 몬스터의 속도에 감탄하는 이가 더 많아졌다.

-뭐야, 뭐야.

-어떻게 되는 거임.

-아니, 저 몬스터 레벨 45로 알고 있는데 내가 잘못 안 건가.

-지금 사냥하는 분은 30렙 아님?

-시민이 템 맞춰줘서 그런 건가?

한여리에 대해 외모와 몸매 말고는 궁금하던 게 없던 시청자들이 그런 걸 제외하고 그녀의 존재 자체에 대한 의문들을 품기 시작했다.

어떻게 저게 가능한 건지 판타스틱 월드 내에서의 원리에 대해 토론하고 가능성을 계산해 본다.

또 현명한 시청자들은 거기서 직업을 유추하기 바빴다.

그게 시작이었다.

안 그래도 평소보다 많이 들어온 한시민의 방송이 흥하기 시작한 건.

3만 명.

4만 명.

5만 명.

유료 시청자의 숫자가 시간이 흐를수록 눈에 띄게 늘었다.

방송을 보고 있는 시청자들조차도 놀랄 정도로 그 숫자가 많았다.

놀라운 건 같은 사냥을 반복하고 비슷한 패턴의 연속이었지만 시청자 수가 빠지지 않는다는 것이다.

아마 그것은 육성 방송의 가장 큰 힘이자 그 육성 방송에서 가장 중요한, 시청자들을 유지할 수 있는 PJ의 개인적인 능력을 한여리가 갖추고 있기 때문이겠지.

첫 방송.

한시민이라는 치트키를 썼지만 처음치고는 시청자들의 인식 속에 화려하게 이름 석 자를 박아 넣은 화려한 신고식이었다.

"자, 여러분. 궁금하시죠? 제 동생에 대한 걸 방송하면서 천천히 공개하도록 하겠습니다."

그리고 한시민은 거기에 확실한 서포트를 해주었다.

-뭐야? 동생?

-친동생?

-에이, 설마.

-생긴 게…….

-시민이 못생긴 건 아니지만 저건 아니지.

여러모로 화려했다.

한시민은 자신의 직업에 대한 정보를 방송에서 뿌리지 않는다. 그건 그뿐만 아니라 방송을 하는 유니크 등급 이상의 직업을 플레이하는 유저 전부가 마찬가지다.

가끔 공개하는 사람이 없지 않아 있지만 그런 유저들은 전투보다는 생산 계열에 속한 유저가 대부분이며 공개해도 다른 유저들이 따라 할 수 없는 부분이 많기 때문.

직업의 특성과 특별함이 큰 장점인 다른 전투 계열의 직업의 경우 이것저것 다 공개하다 보면 그게 자신의 약점이 되기도 한다.

서로 치고받고 싸우고 죽이면서 성장하는 게임인 판타스틱 월드에서는 제 무덤을 파는 격이나 다름이 없다.

뭐 그건 전투 계열이 아니라도 마찬가지겠지만 어쨌든 특히 한시민은 그 부분에 더 예민했다.

레전더리 테이머의 한계, 레전더리 강화사의 한계.

그딴 건 이제 없다고 봐도 상관이 없지만 그렇다고 더 이상 보여 줄 것도 없다는 걸 만천하에 떠벌리고 다닌다면 볼품없고 초라한 이름만 레전더리인 직업이 뭔가 가치가 없어 보이지 않겠는가.

그래도 명색이 레전더리 등급인데.

다이노를 보면 스승이 남긴 유품을 받지도 못했음에도 화려한 마법들을 펑펑 써대며 저게 진짜 레전더리구나 싶은 위엄을 마음껏 뽐내던데.

그런 시답지 않은 이유임에도 공개를 꺼리는 마당에 정보의 중요성은 판타스틱 월드에서 그토록 확실하게 다뤄지는 문제.

하지만 한시민은 한여리의 정보에 대해서만큼은 아낌없이 공개했다.

이유?

그딴 건 없었다.

"레전더리 등급의 버퍼고 레벨이 오르면서 경험치 버프도 패시브로 장착되며 가지고 있는 버프는 그냥 셀 수도 없이 많다네요. 다 쓰려면 레벨을 올려야 하고…… 1레벨부터 가지고 있는 버프들만 써도 그냥 개사기인데 레벨이 오를수록 점점 더 강해지다니. 아니, 빌어먹을 베타고 새끼는 이런 거 보고 있으면 너프 좀 퍼뜩 때려야 하는 거 아닙니까? 하, 안 그래도 쓸모도 없는 레전더리 등급 두 개 달고 먹고살기도 힘든데 이런 개오피 직업들은 왜 하필 나만 피해간 건지. 이해할 수가 없는 노릇입니다."

정보의 유출을 막는 건 다른 사람에게 그것이 들어갔을 때 손해로 작용하기 때문이다. 그걸 연구하고 카운터 칠 수 있는 방법을 생각해 내고.

만약 적이 되었을 때 그보다 까다로울 순 없다. 아무리 완벽하다 한들 약점이 없을 수는 없으니까.

내 최대 장점이 약점이 되는 순간 그 직업은 레전더리고 뭐고 가치를 잃게 된다.

하지만 한시민이 생각하기에 버퍼가 가진 장점들은 다른 사람들이 알게 된다고 해도 별문제가 되지 않았다.

물론 버퍼도 완벽한 직업은 아니다. 한여리에게 들었을 때 이것만큼은 말하지 말아야겠다 싶은 약점도 몇 있어서 그건 빼고 말했다.

사실 그걸 빼도 모든 걸 설명해 주었다고 봐도 무방할 정도로 친절하게 일일이 말해주었다. 시청자들 또한 뭐가 빠진 게 있는지 눈치조차 채지 못했으니.

무엇보다 자신이 있었다. 공개하든 말든 이건 뭐 답도 없는 OP라 오히려 어떻게 대처해야 할지 고민하다가 머리 싸매고 그냥 절벽으로 뛰어내릴지도.

한시민조차 보는 순간 어떻게 대처해야 하고 어떻게 막아야 하는지 눈앞이 아득해졌으니까.

그가 가진 레전더리 등급의 강화사.

드래곤도 테이밍할 수 있는…… 아니, 이건 한시민의 개인적인 능력이지만 어쨌든 레벨만 받쳐 주면 어떤 몬스터든 테이밍할 수 있는 레전더리 등급의 테이머.

아직 얼마나 좋은지 드러나지 않은 레전더리 등급의 교황, 화려하기 짝이 없고 강력하기 그지없는 레전더리 등급의 마법사.

그 네 개도 지금까지 좋다고 생각해 왔지만 이건 딱 한시민의 취향이다.

뭐랄까, 전생이 있었다면 버퍼로 그가 세상을 호령했던 기분이랄까.

이런 종류의 직업이 있다면 해보고 싶다 생각이 들 정도다.

그 배경엔 경험치 페널티의 힘이 가장 크지만.

그나마 한여리가 그의 편이라는 점이 위안이 된다.

또 전략적으로 이용하기 위해 일부러 공개한 이유도 있었다. 지금 공개한 것들을 훗날, 그녀를 저격해 빌드를 짠다면 유저들이 낼 수 있는 방법은 하나다.

15강으로 온몸을 도배한 뒤 저레벨임에도 불구하고 10레벨 이상의 몬스터들과의 전투에서 전투 지식이 거의 없다시피 한 소녀가 그 전투에서 승리하게끔 해줄 만큼의 버프를 두른 한시민이나 한여리보다 훨씬 더 좋은 스펙을 갖추는 것.

혹은 그 스펙을 뚫어낼 정도로 강력한 화력을 갖춘 군대를 준비하는 것.

한마디로 그냥 답이 없다는 뜻이다.

물론 방법이 아예 없는 건 아니다. 지금부터라도 성장을 막으면 된다. 하나 그거야말로 현재 가장 불가능한 일 중 하나다.

-뭐야, 무서워.

-레벨 업을 왜 이렇게 자주 해.

-더 무서운 건 뭔지 아냐. 지금 이 방송 켠 지 48시간 지났는데도 아직까지 쉬지도 않고 사냥한다.

-여동생마저 게임 폐인인 부분이냐.

타고난 자는 노력하는 자를 이기지 못하고 노력하는 자는 즐기는 자를 이기지 못한다.

하지만 타고난 주제에 노력도 하면서 즐기기까지 한다면?

시청자들이 보기에 한여리는, 아니, 한시민 남매는 딱 그런 꼴이었다.

-독한 연놈들.

시간 가는 줄 모르고 자러 가지도 않고 함께 방송을 이어간 시청자들이 느낀 방송의 요약이었다.

6

켄지가 천계로 사라지고 시간이 흐르면서 켄지 길드와 왕국 또한 자연스럽게 사람들의 머릿속에서 잊혀졌다.

판타스틱 월드 한 시대를 풍미했고 스페셜리스트와 더불어 이름을 남겼지만 언제나 그렇듯 패자는 쉽게 잊혀진다.

그를 대체할 자들은 얼마든지 나온다. 특히 뭘 해도 성공할 수 있는 판타스틱 월드에서는 더더욱.

켄지만큼의 재력을 보유하고 써대는 사람은 쉽게 찾을 수 없지만 그에 버금가고 일반인의 눈에 보일 재벌들은 이제 판타스틱 월드를 하는 게 유행처럼 퍼지고 있었으니까.

더군다나 아무리 켄지의 행보가 한시민에 이어 획기적이었고 보는 이들로 하여금 대리 만족을 느끼게 해주었다고는 해도 그들은 한 달 이상 기다릴 준비가 되어 있지 않은 자들이다.

게다가 말도 없이 떠났다.

그렇게 잊힌 켄지의 길드원들은 서운해하지 않았다.

묵묵히 그들의 일을 할 뿐이다. 사냥을 하고 보이지 않는 곳에서 이름 없이 영지들을 장악한다. 언젠가 돌아올 켄지를 맞이할 준비를 하는 것.

그 과정에서 익명과 조용함을 찾는 것은 아무래도 켄지 왕국이 대륙의 배신자로 찍혀 몰수되고 있기 때문이 가장 컸다.

적어도 수백억 이상은 투자가 된 왕국이 제국에 흡수되는 모습은 남아 있는 켄지 길드원들에게는 그들의 돈이 아님에도 속이 쓰렸지만 개의치 않았다.

어차피 게임은 한 방이다. 현실도 마찬가지지만 게임은 더 쉽다.

게다가 천계로 간 켄지와 연락을 하는 이들은 더더욱 그런 믿음을 가졌다. 들려오는 소식들은 기대를 가져도 충분할 만큼 희망적이었다.

해서 그들은 더 열심히 움직였다. 어차피 켄지가 있었을 때도 그들에게 판타스틱 월드는 일상이자 터전이었다.

오히려 이런 반격의 여지를 만들어 나가는 과정은 일을 하면서 게임을 한다는 활력마저 불어넣어 준다.

"얼마 남지 않았다."

그 중심엔 다이노가 있었다. 그는 각성을 이어갔다. 레벨을 올리고 숨겨진 사냥터들에서 네임드 몬스터들을 레이드하며 켄지의 자금을 아낌없이 썼다.

다이노는 자신했다.

그날이 오면, 그땐 다를 거라고.

7

메인 퀘스트의 부재, 1년 반이라는 시간 동안 가장 크고 화려했던 대륙의 지각 변동, 그리고 여운.

그마저도 끝난 지금, 대륙은 새로운 국면을 맞이했다.

당장에라도 대륙이 멸망할 것처럼 불안해하던 사람들은 다시 일상을 되찾았고 언제 마왕이고 천왕이고 대륙에 넘어왔었는지 새까맣게 잊었다고 봐도 무방할 정도로 활기찬 나날이 이어졌다.

아니, 오히려 더 밝아졌다.

그럴 수밖에 없다. 대륙의 70% 이상의 사람들은 대륙에서 일어난 일들을 직접 보기는커녕 이야기로만 들었지만 분명한 건 그들이 눈을 뜨고 숨을 쉬고 있을 때 일어났던 일인 것이며, 대륙의 평화를 위해 보지도 못한 마족들을 대처하려 열심히 일하고 대비도 하고 마족들과 싸우는 군대에 지원을 아끼지 않았다.

뭐 그게 아니더라도 직접적으로 흑마법사들에게 피해를 입은 사람들도 있고.

여하튼 그런 식으로 대륙의 위기, 그러니까 대륙 역사서의 한 페이지를 장식할 일 속에서 자신들이 살아남았다는 사실은 굉장한 자부심이 됨과 동시에 삶의 원동력이 되기 때문이다.

그리고 유저들도 다시 각자의 삶으로 돌아갔다.

특별할 건 없다. 메인 퀘스트에서 떨어져 나오는 콩고물이나 조금 주워 먹으려 노력하던 사람들이 레벨을 올리고 던전을 탐사하고 네임드 몬스터를 잡고 희귀 아이템을 먹기 위해

탐험을 떠나는 것의 차이일 뿐.

어쨌든 그렇게 대륙에 평화가 찾아오고 여운마저 끝난, 소설로 따지자면 열린 결말 이후 에필로그까지 끝난 상황에서 유저들의 관심사는 이제 평범한 RPG 게임에서 피해갈 수 없는 보스 레이드로 쏠렸다.

갑자기 그랬다기보다 워낙 큰 사건들로 인해 비정상적으로 메인 퀘스트 에피소드에 사람들의 시선이 집중되어 있었던 것뿐이긴 하다.

대개 유저들은, 게임을 모르는 시청자들은 광범위한 대륙의 역사나 진행되는 퀘스트의 내용보다는 눈이 즐거운 화려한 전투 신과 말도 안 되는 패턴과 공격력, 체력을 가진 몬스터를 죽이면서 그리고 호흡을 맞춰가면서 레이드 하는 걸 더 좋아하니까.

다이노 역시 마찬가지였다.

긴 시간 동안 레벨을 올리고 각성을 위해 대륙 곳곳을 돌아다니던 그가 드디어 방송을 켰다.

켄지의 공식 채널.

오랜만에 켜진 방송에 시청자가 몰려들었다.

오랜 시간 모습을 보이지 않아 관심은 떠나갔지만 그들의 무의식 깊숙한 곳엔 켄지에 대한 기대와 희망은 여전히 존재한다.

1년, 2년이 지나도 지워질 수가 없다. 워낙 머릿속에 각인이 잘되어 있으니까.

특히 남이 돈 지르는 걸 보는 재미로 방송을 시청하는 시청자들에게 있어 이보다 더한 잠재적 우상은 없다.

모여드는 시청자 앞에서 다이노는 그 어느 때보다 화려하고 사람들이 원하던 모습을 제대로 보여주었다.

한시민이 원하던 전형적인 마법사의 표본.

마법서는 가지지 못했지만 각성에 각성을 거듭해 한 번에 네 가지의 마법을 자유자재로 사용하는 그의 손에서 나가는 각양각색의 마법.

-와.

-레이드도 보여주세요.

-미쳤다. 마법사로 이런 플레이가 가능하구나.

"앞으로 방송은 휴식 시간을 제외하고 매일 켜져 있을 예정이며 레이드 위주로 게임을 진행할 생각입니다. 그리고 레벨 80이 넘는 유저 혹은 스페셜 등급이나 전쟁에 도움이 되는 유니크 등급 이상의 유저분이 계시다면 켄지 길드에서 적극적으로 섭외하는 바입니다."

바야흐로 새로운 시대에 맞는 새로운 유행이 시작되고 있었다.

4대 금지.

유저들이 전쟁과 레이드에 눈을 돌릴 만큼 여유가 생기고 또 그만한 레벨에 다다랐을 때 절대 닿지 못할 것만 같던 곳에 조금씩 사람의 발길의 흔적이 찍히기 시작했다.

여전히 유저들에게 있어, 랭커들조차 들어가서 죽어 나오기 일쑤인 장소였지만 위험을 감수할 만큼의 보상이 나온다는 게 증명이 되면서 100레벨을 막 넘기기 시작한 유저들의 파티가 조금씩 4대 금지를 향해 나아갔다.

4대 금지의 경계, 그리고 그곳을 가리고 있는 사냥터만 해도 지금까지 대륙에서 유저들이 보지 못했던 수많은 개체의 몬스터가 튀어나왔고 가늠조차 할 수 없는 패턴들이 유저들을 혼란스럽게 했다.

하나 혼란스러운 만큼 활기가 돌았다.

더 강한 몬스터, 더 수준 높은 보상.

유저들에게 있어 게임을 플레이하는 데 이보다 동기부여가 되는 것이 또 있을 리가 없으니까.

확실한 도화선에 불을 붙인 건 한 유명한 PJ 중 한 명이 랭커들로 구성한 파티로 서쪽 금지 경계 부근에서 네임드 몬스터를 몇 번이고 죽어가면서 레이드에 도전한 결과 끝내 잡아냈고 거기서 110레벨의 레전더리 등급 아이템이 뜬 내용이 방송을 통해 전 세계에 알려지면서였다.

첫 레전더리는 아니지만 이제 랭커들이 곧 닿을, 최상위 레벨에 최상위 등급의 아이템이다.

가격?

두말할 것도 없다.

사람들이 선호하지 않는 장갑류 아이템이라 가격을 덜 받을 것이라는 커뮤니티나 일반 유저의 여론을 비웃기라도 하듯 다이노가 수억 원대의 가격을 제시해 아이템을 가져갔고, 금지 혹은 경계에 닿을 레벨과 조건이 되는 유저들은 너 나 할 것 없이 그곳으로 사냥터를 옮기기 시작했다.

아니, 심지어는 그곳에서 사냥할 조건을 맞추기 위해 현실의 전세금을 빼고 차를 팔고 심지어 집마저 파는 이들도 수두룩했다.

당연했다.

아이템 가격 하나가 수억 원이다. 심지어 잘 거래가 되지 않는 부위의 아이템이.

물론 운이 좋아야 뜨는 레전더리 아이템이라고 하지만 레전더리 아이템이, 그것도 랭커들의 레벨에 맞는 아이템이 뜬다는 건 그 밑 등급의 아이템들도 뜬다는 것이고 현 상황에서 인기가 정점을 뚫고 어디까지 올라갈지 측정도 되지 않는 판타스틱 월드라는 걸 감안해 보았을 때 충분히 인생을 걸 만한 도박이었다.

하나만 먹어도 본전이다.

먹고 또 먹으면 투자한 것 이상으로 현실에서 부유해질 수 있다.

그리고 단물이 빠질 듯싶으면 맞춘 템을 팔아도 결코 손해가 아니다.

손해라고 생각하고 템을 맞추는 유저는 한 명도 없었다.

심지어 레벨이 되지 않는 유저들마저도 아이템을 구하려고 하는 세상이다.

-요즘은 미친 땅값이 언제 폭락할지 모르는 부동산보다 일단 사두면 무조건 오르는 판테크가 대세다.

-ㄹㅇ. 우리 아빠도 판타스틱 월드에 판자도 모르는데 가지고 계신 건물 팔고 판월에 템 사시더라. 나 용돈 500 받고 내가 모은 정보, 밤새 알려드렸다.

-지금 대륙에 70레벨 이상 유니크 템들 없어서 못 산다는 게 실화냐. NPC들도 오죽하면 묵혀둔 아이템들 꺼내놓는다는데.

또 하나의 현실, 그리고 NPC들과 동화되는 삶. 어김없이 돈이 흐르는 세상에 뛰어드는 사람들.

레이드의 세상이 도래하고 흥하는 것 역시 방송.

경매장에 등장하는 희귀 매물이나 높은 등급의 아이템이 나오자마자 쓸어가는 다이노의 길드는 시간이 지날수록 빛이 번쩍이는 게 늘었다.

그런 그들이 드래고니아의 앞에 섰다.

추정 레벨 150. 북부 미지의 땅 경계에서 발견된 네임드 몬스터. 생김새는 드래곤과 다를 바가 없지만 크기는 조금 작은.

그런 몬스터를 잡기 위해 모였다.

숫자도 많이 늘고 소수는 아니지만 정해진 멤버로만 사냥하던 켄지 길드에서 벗어나 다양한 사람들과 다양한 직업 구성으로 이루어진 원정대.

자신감이 넘치는 원정 대장 다이노의 표정이 그냥 근거도 없는 자신감이 아니라는 걸 보여주기라도 하듯 드래고니아가 나타나자마자 준비하는 온갖 마법과 스킬의 향연은 보는 이로 하여금 감탄을 절로 나오게 했다.

다수의 고레벨 랭커.

이제는 제법 많은 숫자의 유니크, 스페셜 등급의 유저를 전부 끌어온 게 아닐까 싶을 정도로 다양한 효과를 가진 직업들은 드래고니아라는 따지자면 스페셜 네임드 몬스터 레이드에 어쩌면 비벼볼 만하겠다는 생각을 하게 만들었다.

언제나 그렇듯 이런 게 중요하다.

변수, 상대할 수 있는 다양한 카드.

카드술사, 변신술사, 폭탄 제조사, 등등.

오만 가지 직업이 다 모인 원정대를 천재인 다이노는 지금까지 다른 것들이 묻혀온 그의 재능을 마음껏 뽐내며 원정대를 가장 효율적으로 이끌었다.

콰콰쾅!

그는 마법은 마법대로 사용하며.

어찌 보면 잡스러운 것이 많이 있어 보일 법도 하고 동시에 레이드에 방해가 될 수 있음에도 적재적소에 쓰이는 유저들의 스킬에 피해는 있을지언정 드래고니아의 공격에 죽어 나가는 유저는 최소화할 수 있도록 만들었다.

물론 단연 돋보이는 것은 다이노였다.

시작부터 불쌍하게 레전더리 등급 대마도사임을 밝혔음에도 레전더리 등급의 화려한 마법사보다는 한시민에게 스킬북 뺏기고 나가리 된 찌리 마법사로 기억되어 온 그의 울분이 담긴 마법들.

이제는 누구도 그렇게 말하지 못할 정도로 강력했다. 단순히 강력하지만 않고 레이드에 도움까지 된다.

"크오오오오!"

레이드는 몇 시간이나 이어졌다.

드래고니아는 지쳤고 원정대의 화력도 점차 약해졌다. 하지만 승자는 다이노가 이끄는 원정대였다.

레이드가 끝날 때, 다이노의 방송을 보는 시청자 수는 어언 2백만을 넘기고 있었다.

유료 방송엔 한시민이 있다면 무료 방송엔 켄지 채널이 있다는 걸 보여주기라도 하는 엄청난 숫자.

그것은 곧 쐐기였다. 다시 올라왔다는 쐐기.

한시민, 스페셜리스트의 라이벌이었던 그들이 다시 정비를 하고 왔다는 알림.

"켄지 길드의 최종 목표는 마왕입니다. 모든 걸 갖고 싶으신 분들. 망설이지 말고 연락 주십시오."

그리고 선전포고였다.

한시민도 드래고니아 레이드를 실시간으로 보았다. 경쟁자에 대한 경계라든가 하는 건 아니었다. 그냥 한여리의 사냥을 밀어주다 보니 심심해서였다.

시청료가 있는 방송은 때려죽여도 안 보지만 켄지 채널의 방송은 언제나 수익 창출 목표보다는 홍보의 목적이 강했기에 누구나 시청할 수 있었기에 볼 수 있었다.

그런 방송을 보며 손뼉를 쳤다. 진심에서 나오는 박수였다.

"와, 미친. 저게 레전더리 직업이지."

당장 눈앞에서 레전더리 등급의 직업 중 버퍼가 제일 사기라는 생각을 계속해서 하고 있으면서도 방송을 보며 부러움을 감출 수 없다.

개인적인 판단과는 별개로 취향은 역시 버릴 수 없었으니까.

하늘에서 떨어지는 어마어마한 마법들, 쓸려 나가는 드래고니아의 체력, 초토화되는 땅, 버프나 강화나 몬스터나 꾀는 능력으로는 불가능한 일들.

하나 선전포고나 다름이 없는 발언에는 크게 신경 쓰지 않았다.

"아직도 마왕 잡겠다고 저 난리네."

그가 보기엔 흐름을 타지 못하는 발언이었으니까.

"어휴, 메인 퀘스트도 안 나오는 마당에 메인 퀘스트 만들어보겠다고 노력이 가상하네."

그리고 목적이 뻔히 보였으니까.

"켄지는 천왕 따라 천계에 잘 갔으려나. 뭐 잘되고 있나 보네."

목적이 뻔한데 겁을 먹을 필요는 없다.

"돈이나 많이 벌어야지. 여리야, 휴식 시간 오늘부터 30분씩

줄인다. 빠르게 올리고 꿀 빨러 가자."

여전히 그의 목표는, 한 명이 추가된 파티의 목표는 돈이었으니까.

Episode 62.

뿌린 대로 거둔다

1

복귀 방송 영상이 단 1주일 만에 10억 뷰를 돌파하고 24시간 켜져 있는 방송의 고정 시청자 수가 100만을 가볍게 넘어가는 켄지 채널은 단연 뜨거운 감자였다.

뭐, 레이드의 시대가 오고 수많은 대륙의 숨은 고수들이 하나둘 윤곽을 드러내며 예전처럼 스페셜리스트 원탑이라고 보긴 힘들지 않겠느냐는 말이 조금씩 올라오고 있는 시점에서 그에 대응하는, 아니, 요즘 활동을 잘하지도 않는 스페셜리스트를 보면 대응 정도가 아니라 이제는 뛰어넘었다고 봐도 무방할 정도로 탄탄대로를 걷는 다이노를 선두로 한 켄지 길드의 행보는 화제가 될 수밖에 없었다.

특히 소수정예로 활동하는 스페셜리스트와 다르게 볼거리가 많다.

-무슨 길드 하나에 유니크 등급 직업이 레어 등급보다 많냐.

-켄지 길드는 유니크 이상 아니면 받지도 않잖냐.

-일반 등급 직업들도 보이던데 그건 뭐임?

-그건 판창들임. 노말 등급이라도 레벨 90 이상은 받아줌.

-ㄷㄷ. 저기 복지가 그렇게 좋다던데.

-오죽하면 며칠 되지도 않았는데 요즘 부모들이 애새끼들 공부 대신 캡슐 사 주고 사냥하라고 시킨다는 말이 나오겠냐. 전국에 있는 백수들하고 경쟁하느니 돈하고 끈기만 있으면 혹은 운만 좋으면 취직 가능한 켄지 길드에 들어가는 게 훨씬 이득이라고 생각하는 거지.

-ㄹㅇ 거기다 솔직히 켄지 길드 망해도 판월이 망하는 일은 없을 테니까 뭐라도 해서 먹고살 수 있겠네. 요즘은 4대 금지 경계까지 풀려서 거의 뭐 금광 노다지급으로 꿀 빨고 있다던데.

-시바, 나도 판월 나왔을 때 다 때려치우고 아는 형 따라 캡슐 사서 게임 하는 건데, 69렙인데 지금부터 렙업 해도 4대 금지 갈 정도 되면 이미 다 빨리고 빨려서 헐어 있겠지?

-보조 직업이면 80 정도 최소 컷으로 인맥 있으면 갈 수 있다더라.

그런 볼거리들에 관한 대화는 자연스럽게 판타스틱 월드에 대한 이야기로 발전되었고 그런 시청자들은 방송을 유지하는 훌륭한 영양분이다.

거기에 채팅하면서도 눈을 떼기 힘든 화려한 액션이 끊임없이 나오기까지 하니 절로 팬이 생길 수밖에.

-솔직히 이제는 스페셜리스트보다 켄지다.

-진심 소름 돋는 건 아직 켄지는 단 한 번도 모습을 보이지 않았음.

-켄지, 돈 쓰는 거 보면 솔직히 시민이고 스페셜리스트고 쨉도 안 되지. 지금까지는 그냥 즐기는 셈 치고 설렁설렁 용돈 삼아 해왔는데 이제는 모습도 보이지 않고, 어디 가서 얼마나 스펙업 하고 올지 벌써부터 기대된다.

그 팬심은 곧 경쟁이었다.

-뭔 소리야ㅋㅋ 아무리 현질을 해대면 뭐 해. 시민이는 올 15강 레전더리 아이템인데.

-걘 대신 렙제가 낮잖아. 켄지는 지금쯤 렙제 맞는 레전더리 등급으로 도배하고 있을 거임.

-웃기네ㅋㅋㅋㅋㅋㅋㅋㅋㅋㅋㅋ 레전더리도 지금 광부들이 며칠을 캐는 데도 처음 하나 나온 거 말고 잘 나오지도 않는구만 무슨 올 레전더리 ㅋㅋㅋㅋㅋㅋㅋㅋㅋㅋ.

비교와 이간질의 시작.

보통이라면, 다른 평범한 PJ라면 이런 이간질과 싸움은 말려야 정상이다.

방송을 하는 입장에서 이런 시청자들의 존재는 방송에 도움이 된다기보다 방해가 되니까.

진짜 비교당하는 사람보다 강하다 해도 문제고, 아니라 해도 문제다.

하지만 다이노 쪽이나 한시민 쪽이나 이런 시청자들의 분쟁을 전혀 막을 생각조차 않아 보였다.

한시민이야 원체 시청자들과 소통은커녕 자기 방송 채팅창도 꺼놓고 게임을 플레이하는 사람이고 오히려 이런 분쟁이 이끌어 올 어그로로 인한 수익을 계산하기 바쁜 놈이니 그렇다 쳐도 다이노 쪽에선 노리는 바가 명확했다.

"스페셜리스트는 초반에 이점을 살려 치고 나간 효과를 지금까지 잘 이끌어 왔을 뿐입니다. 이제부터는 다르다는 걸 보여드리겠습니다. 조만간, 길마님께서 복귀하십니다."

홍보, 경쟁. 싸움 구경.

이슈를 만든다.

그리고 호언장담한 만큼, 그만큼 많이 관심이 쏠린 만큼 화려하고 성대하게 밟는다.

그러면 굳히는 것이다. 대륙의 최강자가 누구인지.

물론 어디까지나 말을 현실로 옮길 수 있을 때의 이야기였지만.

수없이 많은 시청자의 우려와 걱정에도 불구하고 자신감 넘치던 다이노는 그의 행동의 원천을 증명해 보였다.

켄지의 녹화 영상을 잠시나마 공개함으로써.

그곳은 누가 봐도 천국이었다.

새하얀 하늘이 펼쳐진 세상. 대륙과 마찬가지로 생명체들이 살아 숨 쉬고 몬스터들도 존재하는 곳이지만 그곳을 지배하는 종족은 인간이 아닌 천사들인 곳.

그런 곳에 켄지가 서 있었다. 순백의 갑옷을 입고.

갑옷은 한시민의 것처럼 진홍빛을 찬란하게 발산하지는 못했지만 그에 못지않게 새하얗게 빛났다.

누가 봐도 좋은 신물이라는 걸 알 수 있을 정도.

그리고 그걸 입고 서 있는 켄지는 대륙에서처럼 군대를 이

끌고 있었다.

레벨을 가늠할 수 없을 정도로 강해 보이는 천계의 몬스터들이 아닌 그것들의 상위 포식자, 천사로 이루어진 군대를.

그가 한 걸음 내디디면 뒤로 정렬한 천사들도 한 걸음 따라 내디딘다.

검을 뽑으면 따라 무기를 뽑고 전투태세를 갖추면 온갖 축복이 그의 몸을 휘감는다.

그리고 달려들어 몬스터를 짓밟는 모습엔 여유가 넘친다.

공격 한 번에 신성력이 몰아치고 몬스터에게 눈에 띄는 피해가 들어간다.

짧은 사냥 영상.

아니, 학살의 모습이었지만 요즘 등장한 그 어떤 영상보다 임펙트가 강했다.

다이노가 레전더리 등급의 대마도사로서 최종 단계라고 각성한 뒤 드래고니아를 길드원들과 레이드 하는 영상보다 더.

그건 어쩔 수 없는 현실이자 부정할 수 없는 사실이다.

이미 증명된 바 있지 않은가.

마계.

그곳에서 벌어진 일들이 얼마나 흥미진진하고 동시에 한시민이 그곳에서 벌였던 일들로 인해 대륙에 무슨 일이 벌어졌는지.

이건 단순한 홍보 영상이나 자랑 영상이 아니다. 예고다.

"천왕님, 말씀하신 몬스터들을 사냥하고 왔습니다."

"이제 대륙으로 갈 준비가 된 거 같군."

"……제가 가는 것입니까."

"악의 무리를 처단하는데 내가 가야 할 이유가 있느냐."

"아닙니다."

"마왕이 대륙을 지배하고 있는 이상, 제약이 걸리게 되는 내가 가는 것은 의미가 없다. 대륙으로 넘어가는 데 있어 위험부담도 상당하고. 그러기 위해 널 데리고 온 것이니 내 의지를 받들어 대륙의 어둠을 걷어내고 마왕을 마계로 되돌려 보내라. 그렇게 한다면 그 뒤의 일은 내가 알아서 할 것이다."

"알겠습니다."

"네게 인간 역사상 그 누구도 갖지 못했던 내 힘의 정수를 대행해 사용할 권리를 주겠노라."

['전설의 레전드 교황'으로 전직했습니다.]

[최종 각성을 마칩니다.]

…….

유저들이 그토록 원하던 것. 원하지만 찾을 수 없어 사냥하는 일상으로 돌아가게 된 그것, 메인 퀘스트.

문제 해결의 실마리가 보이기 시작했다.

그리고 게임의 흐름을 볼 줄 아는 유저들에겐 환호성을 터뜨릴 만한 일이었다.

-뭐야, 성녀가 레전더리 직업 아니었어?

-그러게, 이거 뭐냐.

-ㄴㄴ 님들 역사서엔 분명 다섯 전설 중 하나는 교황이었음.

-혜기가 쓴 신성 마법들은?

-그건 모르겠고 어쨌든 천왕이 준 게 진짜 아니겠음?

-그럼 레전더리 등급 다섯 개가 전부 두 세력에 갈려 나눠졌다는 거 아님?

-미쳤다.

-누가 이길까.

팝콘을 뜯을 준비만 하면 되는 일이었으니까.

2

판타스틱 월드처럼 완성도 높은 게임에서 메인 퀘스트가 갖는 의미는 굉장히 크다. 그냥 큰 수준이 아니라 마치 주식처럼 유저들에게 있어 일희일비할 수 있는 요소다.

아니, 거기서 끝나면 다행이지 이제는 판타스틱 월드로 생계를 유지해 나가는 사람이 막말로 백만이 넘는 시대에서 메인 퀘스트의 향방은 그야말로 수십만의 목숨이 왔다 갔다 한다고 봐도 무방했다.

거기다 판타스틱 월드는 패치도 없다. 그냥 흐르는 대로 흘러가는 세상이다.

그렇게 유저들의 레벨이 올라갈수록 생기는 유행, 아이템 세팅, 선호하는 옵션의 작은 변동만으로 해당 아이템들의 시세가 요동치는데 메인 퀘스트라는 변수가 생겨 버린다면?

하루아침에 수백만 원을 호가하던 아이템이 바닥을 칠 수도 있고 몇천 원에 줘도 안 사던 아이템들이 하루아침에 수천만 원을 호가하는, 없어서 못 구하는 아이템이 될 수도 있다.

단적인 예로는 안개 산맥.

한시민이 가난을 딛고 일어서려고 발버둥 치던 시절 많은 꿀을 빨게 해주었던.

그렇게 벌고 나서도 안개 산맥은 한동안 그 레벨 대의, 아니, 지금도 어지간한 북부 유저들은 그곳에 가서 사냥을 할 정도이니 메인 퀘스트가 갖는 여파가 얼마나 큰지는 굳이 말하지 않아도 알 수 있다.

그러니 한마디로 패치는 없지만 패치 노트다.

한동안 잠잠해졌던 마왕 에피아의 존속 여부에 대한 메인 퀘스트가 다시 시작될지도 모른다.

지금이야 그녀의 이름을 꺼내면, 마왕이라는 단어를 신전에 고이 모셔져 있는 그녀에게 가져다 붙이면 그 날로 게임 인생 끝나는 날이라 섣불리 꺼내지 못하지만 유저들은 생각했다.

다음 에피소드가 진행되면 어떻게 돈을 벌어야 할까.

그 어떤 단서도 나오지 않았지만 자연스럽게 성물, 신성력, 흑마법사를 잡기 좋은 성 속성의 아이템들 가격이 폭등하기 시작했다.

그뿐만 아니라 전쟁 물품의 가격도 올랐고 전혀 상관도 없는 소비재들의 가격 또한 치솟았다.

오르는 와중에도 계속 오른다.

오르는 걸 보면서 뒤늦게 구매하는 사람들, 이러다 말겠지 하고 손 놓고 있던 사람들도 끝없이 오르는 가격에 이러다가 정말 나중에는 없어서 못 사겠다 싶어 사는 사람들.

또 하나의 세상임을 증명하는 현상이다. 그저 일개 유저가 올린 영상 하나일 뿐인데 유저들은 물론이고 NPC들에게도 영향을 미친다.

이런 현상에 일부 사람은 불만을 터뜨렸고 일부 사람은 비웃음을 날렸다.

너무 섣부른 판단으로 보일 수밖에 없었으니까.

-이러다 주식 망하는 거임.

-와 씨, 떡밥도 만들어지기 전에 지들끼리 떡밥 만들고 다 해 처먹네, 다 망했으면.

틀린 말은 아니다.

언제나 그렇듯 도박은 하이 리스크 하이 리턴.

말마따나 패치 노트가 뜬 것도 그냥 켄지가 천왕의 후예 비슷한 게 된 것뿐이다.

그걸 유저들은 원하는 대로 메인 퀘스트의 떡밥으로 해석하고 더 먼 미래를 보며 투자한 것뿐이지.

현실로 이루어지지 않으면 고스란히 손해를 보는 건 투자한 유저들이다.

지금과 같은 세상에서 전쟁 준비라니.

다시 내다 팔 수도 없다.

하지만 안타깝게도 이번엔 투자한 이들의 승리였다.

제국 수도.

하늘에서 찬란한 빛과 함께 켄지가 돌아왔다.

[어둠의 진실]

* 등급: Main

* 내용: 겉으로 보이는 대륙은 희망을 되찾았다. 마왕을 잡고

흑마법사들을 소탕했다. 하지만 실상은 그렇지 않다. 보이지 않는 어둠, 대륙을 움켜쥔 어둠의 진실을 밝히자.

그리고 찝찝하게 완료된 것처럼 보였던 메인 퀘스트가 다시 슬그머니 고개를 들었다.

3

한시민이 감탄했다.

"와! 저거 장난 아니게 간지 나네."

별생각이 없었다.

켄지가 아무리 천왕을 따라 천계에 갔다 한들 뭐 제대로 건질 확률은 극히 낮다는 걸 알고 있었고 그 극한의 확률을 뚫어내고 켄지가 남들이 부러워할 만한 직업을 건졌다는 건 어디까지나 그가 노력해 얻은 것이니까.

부러워한다고 바뀔 건 없다. 게다가 분명 화려하고 멋있는 스킬들이 영상을 통해 공개되었지만 언제나 그렇듯 마냥 사기인 직업은 없다.

비교했을 때 이건 무조건 사기다라고 판단할 수는 있겠지만, 그 직업 하나만으로 모든 게 가능하다면 그건 유저가 아니라 신이 되는 지름길일 테니까.

물론 어떻게 활용하느냐에 따라 단점이 없어 보이는 전설의 버퍼를 본 한시민의 생각은 조금 달라져 있었지만 어쨌든 전설의 교황을 얻은 켄지를 보며 딱히 부러워한다거나 위기의식을 느끼지는 않았다.

그건 여유다. 지금까지 그가 이뤄온 것들에 대한 여유. 어떤 경쟁자가 나타나도 자신의 자리는 지킬 수 있으리라는 확신.

무엇보다 그의 수중에 그와 연계하여 사용할 시 몇 배, 몇십 배의 효율을 낼 수 있는 보조 직업이 들어왔다는 안도.

교황이 얼마나 사기 직업인지는 아직 경험하지 못했지만 적어도 한시민이 보기에 버퍼와 견주었을 때 많이 차이가 나지는 않을 것이다.

아니, 일단 그의 기준에선 버퍼가 최상위다.

게임 보는 눈은 전 세계 최강이라 자부하는 한시민이 이렇게 말했을 정도니까.

"설아 씨가 만약 전설의 버퍼를 얻었다면 지금쯤 드래곤 레이드를 하고 있지 않았을까요, 혼자서."

게임 보는 눈뿐만 아니라 실제로 컨트롤마저 세계 최고인 정설아마저 고개를 끄덕일 사실이었다.

그녀가 가지고 있는 직업 또한 결코 나쁜 건 아니지만 경험치 페널티라는 면을 제외하면 사실상 직업 간의 등급은 곧 성장 한계치라고 봐도 무방한 상황에서 아쉬운 상황.

거기서 유저들이 할 수 있는 선택지는 두 개다.

밸런스 망겜이라고 투덜대거나, 직업을 바꾸거나.

그런 평가를 하는 버퍼와 그래도 동급이라 봐주는 것이다.

그래도.

단순히 영상으로 본 것만 평가해서.

“역시 세상은 불공평해. 돈 많은 놈이 게임도 더 재미있게 하고.”

그러거나 말거나 켄지의 대륙 복귀와 함께 다시 등장한 메인 퀘스트에는 별 신경을 쓰지 않았다.

“지루한 설전의 반복이겠지.”

결국 켄지가 강해진 건 지금 상황에서 중요하지 않았으니까.

홀로 대륙 전체와 맞서 싸워 힘으로 자신을 증명할 게 아니면 이전과 같은, 대륙의 규칙 속에서 현 천왕이라 대우받는 에피아가 사실은 마왕임을 증거로 밝혀야 한다.

그 과정이 결코 쉽지는 않을 테니까.

……라고 한시민은 착각했다.

천왕은 천계에 남아 있고 켄지만 보냈다.

영상에서는 그것이 천왕이 위험을 감수하지 않아도 되고 동시에 천계와 마계를 정복하기 위함이라 나왔지만 실상은 그보다 더 심도 있는 그림이 그려지고 있었다.

한시민이 미처 생각하지 못한 그림, 아니, 생각하지 않은 그림.

굳이 생각할 필요가 없었다. 이미 그 상황은 오래전에 끝이 났고 이 문제가 다시 불거진다 해도 그전에 빨 수 있는 꿀은 이미 충분히 빨았다고 생각하고 있었으니까.

게다가 어디까지나 에피아를 통한 건 부수적인 수익이었을 뿐이다.

이미 지나간, 한물간 수익에 신경 쓰기보다는 지금 할 일도 많았고.

그래서 대처하지 못했다. 대처할 틈도 없었다.

켄지가 대신전에 도착하자마자 신탁은 내려왔으니.

-그곳에 있는 자는 마왕이니 더 이상 어둠의 손길에 농락당하지 말고 내 사도를 받아들이라.

천왕과 마왕.

둘이 존재하는 상황에서 교황이 선불리 진실을 알아차리지 못한 이유는 둘 다 힘을 잃은 상태에서 자신을 증명할 방법이 없었기 때문이다.

그런 상황에서 에피아는 꼼수로 신성력을 발현해 냈고, 어설프기 그지없었지만 그 상황에서는 가장 단순하고 직설적이었다.

하지만 천왕이 신성력을 되찾은 상황에선 달랐다.

신탁.

교황만이 천왕에게서 받을 수 있는 메시지.

그걸 교황이 받았다.

교황이 지금까지 황제와 한시민과 성녀와 의견을 같이했던 이유는 그가 생각하기에 이게 맞았기 때문이다.

신을 대리하는 천왕과 그의 뜻을 받드는 교황. 그런 그에게 생각하지 않고 따르게 하는 바로 윗선의 메시지가 도착했다.

교황이 망설이거나 고민할 이유가 없다. 그는 천왕과 마왕을 구분하는 상황에서도 언제나 중립을 유지했었으니까.

증거가 말하는 대로 행동했었고 이제는 증거가 필요 없는 절대적인 해답이 나왔다.

누구의 허락을 맡고 누군가와 의견을 교환하며 상황을 살핀다?

그런 게 있을 리 없다.

교황이 당장 자리에서 일어났다.

"대륙을 혼란에 빠뜨린 마왕과 그 일당을 신의 이름으로 처단한다."

언젠가는 이렇게 될 일이긴 했다.

한시민이 뭐 희대의 천재도 아니고 몇 년을 이날을 위해 기다렸다는 듯 철저하게 계획을 세운 것도 아니고, 그냥 잔머리의 천재가 생각나는 대로 이익을 보기 위해 자신의 위치와 힘을 이용해 대륙을 속이고, 황제도 속이고, 교황마저 속인 게 원래의 위치로 돌아가는 과정일 뿐이니까.

사실 판타스틱 월드와 같은 자유도 높은 게임만 아니었으면 당장 유저들 사이에서도 게임을 망치는 천하의 쳐 죽일 놈이라고 욕을 먹었어도 이상하지 않을 상황이긴 하다.

악이 판치는 세상이라니.

한시민이 주인공만 아니었으면 권선징악의 마지막 순서인 악의 몰락 단계이지 않은가.

물론 그게 한시민이 주인공이라고 바뀌지는 않았다. 적어도 판타스틱 월드에서 정의의 사도들은 어리바리하지 않고 확실하게 악을 벌하기 위해 움직였으니까.

특히 모든 걸 갖춘 진짜 주인공이 아닐까 싶을 정도의 켄지가 어마어마한 돈까지 써가면서.

한시민의 발등에 불이 떨어졌다.

4

켄지는 조급해하지 않았다.

교황이 성검을 뽑아 든 순간 에피아는 알아서 성녀와 함께 사라졌으며 대륙에 존재하는 신의 이름이라는 것에 목숨을 걸 수많은 신자와 사제들이 현 대륙의 현실에 대해 소문을 퍼뜨리고 다니고 있으니까.

하루, 1시간, 1분이 흐를 때마다 켄지의 억울함과 천왕이 겪은 충격적인 현실이 알려지게 될 것이고, 언제나 그렇듯 사람들은 잠깐의 시간도 지체하지 않고 태세를 변환할 것이다.

그게 정말 믿어서이든 흐름이 그렇게 바뀌어서이든.

황실 또한 단순히 한시민의 편에만 설 수 없을 것이고 특히나 지금처럼 천왕과 마왕, 천계와 마계가 개입되는 혼란스러운 상황에선 더더욱 그럴 것이다.

특히 지금 현 제국은 예전만큼 확고한 카리스마가 있는 상황이 아니다.

마왕과 천왕을 거르는 과정에서 다시금 제국과 왕국 사이의 서열을 돈독히 한 것처럼 보이지만 사실은 그저 자신의 편을 늘리기 위한 보여주기식으로 끝났을 뿐이고 대부분의 왕국 중 제국에 진짜 충성을 바치는 왕국은 얼마 없다고 봐야 한다.

그런 왕국들이 불과 수십 년 전의 제국의 위엄을 잊어서 발칙한 상상을 하는 건 결코 아니다.

마찬가지로 세월이 바뀌어서이다.

모험가들의 등장, 그들의 성장.

이제는 대륙의 역사에 이름을 올릴 정도로 영향을 끼치는 자들의 힘과 더불어 천왕의 신탁을 대행하는 모험가마저 나왔다.

사실 대륙을 지배하는 제국이 온전히 제국으로써 모두를 통치할 수 있었던 이유는 황제가 신이라 불릴 수 있었기 때문이다.

하나 이젠 아니다.

신은 신이고 천왕은 천왕이다.

대륙의 또 하나의 황제라 불리는 교황과 뜻이 다르다면 결코 대륙 전체를 상대할 수 없다.

특히나 그런 선택이 대륙을 위험으로 이끄는 선택이라면 더더욱.

그래서 눈치를 볼 수밖에 없다.

황녀는 끝까지 한시민을 믿을 테지만, 황제는 결코 그의 이름이 대륙을 어둠에 물들게 한 배신자라고 남길 수 없기에.

켄지의 계산은 정확했고 여유롭게 다음 단계로 넘어갔다.

가장 유력한 경쟁자 제거.

다들 그걸 예상했지만 아니었다.

"길드원을 모집합니다. 대륙에 존재하는 모든 레전더리 아이템을 매입합니다. 그리고 보여드리겠습니다. 역대 볼 수 없었던, 그리고 판타스틱 월드가 서버 종료할 때까지 볼 수 없을 화려하고 압도적이고 독보적인 레이드를. 사소한 길드전이나 싸움으로 시간을 허비하지 않겠습니다. 잘못된 건 자연스럽게 바로잡아질 테니까요."

여유!

돈을 가진 자의 여유에 켄지는 더 유명해졌다.

신탁 하나에 세상이 변했다.

대륙을 구한 영웅 한시민은 대륙의 배신자가 되었고 반쯤 쫓겨난 셈이지만 대신전에서 도망친 에피아와 빼액이의 모습은 빼도 박도 못할 증거로 널리 퍼졌다.

황녀는 밤잠을 이루지 못했고 황실은 침묵했으며 기회를 놓치지 않고 제국의 귀족뿐 아니라 대륙의 모든 왕국이 한시민의 영지를 노리고 언성을 높였다.

당장 공격하러 가도 이상하지 않을 만큼 뜨거웠다.

"대륙의 배신자에게 영지라뇨! 그 안에 흑마법사들이 숨어 있을지도 모릅니다! 당장 그곳을 짓밟아 사람이 살 수 없는 땅으로 만들고 더러운 흑마법사의 종자들을 박멸해야 합니다!"

"어째서 제국은 마왕과 결탁한 인간에게 아직도 귀족의 작위를 내리고 있는 것입니까!"

"얼른 바로잡아야 합니다!"

하나 황제는 침묵하기만 할 뿐 적극적으로 무언가를 하지는 않았다. 수많은 귀족과 대륙 전체라고 봐도 무방할 왕국의 압박에도.

그의 위엄과 권위는 어디 가지 않았다.

"그럼 그대들이 영지전을 신청해 바로 잡도록. 제국은, 황실은 아직 판단 중이다."

"……."

겁쟁이라고 비웃거나 손가락질해도 이상하지 않을 분위기에 상황이다.

하지만 누구도 그러지 못했다. 그들은 잘 먹고 잘살기 위해 기회를 틈타 나온 것이지 분수를 잊고 까불다가 목숨을 버리고 싶어서 온 게 아니니까.

맞는 말이기도 하다. 할 수 있었으면 직접 영지전을 신청했을 것이다.

다만 그렇게 먼저 나섰을 경우 이미 소문 난 리치 영지를 뚫기는커녕 힘만 잔뜩 빼고 다음 사람을 위해 봉사하는 꼴이 되는 게 눈에 훤하니 안 할 뿐.

누군가 희생해야 하는 싸움이다. 온전히 남을 위해.

나설 사람이 있을 리 없다.

켄지도 일단은 가만히 있는 마당에.

물론 눈치 보는 게 마냥 오래 가지만도 않았다. 그들에게 있어 이건 누가 먼저 먹느냐의 싸움이었으니까.

몇몇 왕국이, 이름만 들어도 알 법한 왕국들이 몇 개에 거쳐 거대한 연합을 만들어 리치 영지를 향해 군대를 일으켰다.

그게 시작이었다.

대륙에 흑마법사들이 창궐했을 때보다도 더 뜨겁고 거대한 전쟁 준비의 열풍이 불기 시작한 것은.

그리고 또 시작이었다.

한동안 꿀을 잘 빨던 한시민의 고난의 시작.

리치 영지와 카지노를 향해 200만 군대가 향하고 있다는 소식을 들은 한시민이 반지를 강화하다 말고 발걸음을 돌렸다.

"X발. 나한테 왜 이래."

5

한시민은 그냥 일개 유저일 뿐이다.

지금까지의 행보를 보면 마치 판타스틱 월드가 열리기만을 기다려 왔다는 듯 척척박사인 양 행동하고 성공하고 다른 유저들의 생각을 비웃듯 궤를 달리하는 플레이로 역사에 한 획을 그었지만 그런 행동들에서 한시민이 실제 기획하고 확신한 뒤 행동한 것은 얼마 없을 정도로 즉흥적이고 본능적이었다.

물론 그 바탕엔 성공하리라는 확신이 뒷받침되고 있었고 타고난 그의 판단과 깡은 그것을 결코 운이 아닌 실력으로 보이게 하기 충분했다.

하지만 실상을 따지고 보면 뭐가 있어서 그런 건 아니다.

한시민은 어디까지나 이제 막 스물여섯이 된 평범한 대한민국의 군필자일 뿐이고 예비군일 뿐이었으며, 사고가 난 뒤 다른 게임에서도 뭐 게임 서버를 지배하겠다고 날뛰며 계략을 세우는 스타일보단 어떻게든 강화 비용을 구해 아이템을 강화해 생활비를 벌기 위해 발악하는 소시민이다.

그러다 보니 이런 상황은 낯설다.

언제 게임에서 정치를 해봤겠는가.

판타스틱 월드가 처음이었고 마왕을 천왕으로 만드는 과정에서 참여한 정치는 뭘 해도 되는 조건들이 많이 받쳐 주고 있었다.

하나 지금은 아니다.

그의 기반은 한없이 탄탄해 보였지만 사실 또 한없이 미약하다.

아니, 한시민의 행보를 지켜본 시청자들이 본다면 실제로 커뮤니티와 한시민의 개인 채널 게시판에 인기 게시물로 선정된 게시글들을 보면 놀랄 만큼 허술하다.

-솔직히 시민이니까 지금까지 멀쩡히 해 처먹고 있었다.

-리얼. 아무리 팬이라지만 이거 그냥 다른 놈이 보면 천하의 개쓰레기 나라를 팔아먹은 놈 아니냐.

-아마 마계와 대륙이라서 사람들도 별생각 없는 거 같은데 저게 한국과 일본이라고 생각해 보셈ㅋㅋㅋㅋㅋㅋㅋㅋㅋㅋㅋㅋㅋ 시민이는 그냥 일본 천왕 데리고 와서 한국 대통령 자리에 앉힌 거 아님? 그러다 켄지가 대한 독립 만세 외치면서 김구 선생님 빙의하는 거고. 그냥 외관만 보면 지금 켄지가 대륙 침공하는 느낌인데 실상을 보면 이쪽이 더 가까운 거 같음ㅋㅋㅋ

적어도 영지를 얻는 데까진, 흑마법사들을 대륙에서 몰아내는 데까진 전부 한시민의 공이 맞고 더 이상 태클을 걸 수 없는 활약인 건 맞다.

하지만 어쩌다 마계에 넘어가고 마왕과 손을 잡고 천왕과 마찰이 생기고 살기 위해 대륙으로 도망치고 그 이후에 사리사욕을 위해 천왕을 마왕으로 내몰고 내쫓고.

이건 도저히 대륙인들 입장에서는 용납할 수 없는 문제다.

수작으로 인해 한시민은 누구도 부정할 수 없는 대륙의 영웅이 되었고 그의 영지는 하나의 거대한 왕국으로 인정받았고.

그것이 이제 하나씩 밝혀지고 있으니 남은 건 몰락뿐이다.

그건 모두가 인정했다.

해서 분쟁도 일어났고.

-그게 무슨 한국과 일본이냐. 게임 하는 데 별 개지랄 같은 소리를 해대네.

-엌ㅋㅋㅋㅋ 왜 진지를 빠세요. 비유하자면 그렇다는 거지.

-너 어느 나라 새끼냐. 현피 까자.

어쨌든 중요한 건 하나였다. 상황은 한시민의 예상보다 처음으로 더 급격히 진행되었고, 켄지는 이런 상황에서야 드디어 본인의 역량을 드러내고 있다는 것.

직접 나서지 않았음에도 리치 왕국을 향해 모여드는 군대는 한시민의 인상을 찌푸리게 만들었고, 어떤 변수가 일어날지 모르는 전쟁을 앞둔 상황에서 켄지는 손 하나 안 대고 유유히 자신의 세력을 더욱 넓혀가고 있었다.

6

판타스틱 월드 초반엔 이런 말이 있었다.

-직업빨은 개뿔. 직업은 어차피 부수적인 것일 뿐이고 결국

은 파일럿 차이다. 레벨 업 빨리해서 빨리 선점하는 놈이 임자인 게임에서 직업 좋은 건 그냥 허울 좋은 꿈일 뿐이지. 나중에 강해진다고? 이미 레벨 다 올려서 상위 몬스터들 독식하고 스페셜, 레전더리 아이템 두른 고레벨 유저를 무슨 수로 이기냐ㅋㅋ

그건 게임이 아니라 또 하나의 현실이라 더 그랬다.

그나마 레전더리 등급의 직업을 둘이나 갖고 있는 한시민이 대륙에 날리는 이름이 아니었다면 지금쯤 그 인식은 거의 확신으로 사람들 뇌리에 자리 잡혀 있을지도 모를 정도로.

틀린 말도 아니었고.

하지만 켄지는 돌아오자마자 그게 개소리라는 걸 증명하기라도 하듯 미친 듯 달렸다.

아니, 개소리라기보단 시대가 변했다는 걸 보여주고 싶었는지도 모른다.

어느 정도 레벨도 상위 랭커고 레전더리 등급의 직업을 가지고 있는 켄지는 감히 다른 직업들은 명함도 못 내밀 정도의 위엄을 뽐냈다.

한시민은 이미 예전부터 알고 버퍼를 보면서 뼈저리게 느꼈지만 방송을 통해 시청자와 유저들에게 자극적인 스킬들로 어필되는 켄지의 영향력과 비교될 리 만무했다.

커뮤니티는 물론이고 게임은 안 해도 판타스틱 월드에 대해 연구하는 수많은 사람의 인식과 말이 조금씩 바뀌기 시작했다.

-저거 실화냐…….

-혼자 130레벨 스페셜 네임드 레이드하던데 ㅋㅋ

-그거 이번에 100 넘는 랭커 길드가 12인으로 겨우 잡은 거 아니냐?

-완전 저격이던데ㅋㅋ 바로 레이드하고.

-그래도 잡았잖음.

-갓켄지. 100레벨 넘는 유저들이 12명으로 잡는 걸 혼자 때려잡네ㅋㅋ

-이걸 뭐라 하는지 앎? 직업빨이라 함.

-뭔 직업빨이냐ㅋㅋ 템빨에 컨도 좋더만.

-근데 확실히 랭커 길드 애들도 컨, 템 꿇리는 거 하나 없었는데 이런 차이면 판월도 결국 직업이 받쳐 줘야 한다는 뜻 아님?

-판알못들은 짜져 있어라. 애초에 조건이 비슷한데 누구는 12인으로 겨우 잡고 누구는 안전빵으로 두드려 팬 거 보면 답 나오는 거다.

-응 이거 나오기 전에 스페셜 등급 직업 두 개 사놨다^^

대륙의 정세가 바뀜과 동시에 유행이 바뀌고 인식이 바뀐다.

레벨이 중요시되던 이전, 전쟁이 성행하던 시절 PK엔 직업이 그리 중요하지 않았다.

기껏 해봐야 법사와 궁수 류가 안정적으로 딜을 할 수 있다는 메리트 정도?

레전더리 등급의 대마도사 다이노가 활약했다고 한들 그건 그가 레전더리 등급이라서가 아니라 마법사라는 특수한 직업이기 때문이라는 의견이 많았다.

하지만 대세가 레이드로 바뀌고 NPC들과의 조화보다는 오로지 유저들 간의 스펙 비교가 성행하는 시대가 되자 자연스럽게 하나, 하나 레이드에 필요한 단 1%의 요소마저도 고려하게 되는 것이다.

그리고 영상이라는 방법으로 그런 시대에서 가장 좋은 게 무엇인지 증명해 버리는 켄지의 모습은 유저들에게 충격으로 다가올 수밖에 없고.

거기에 더해지는 현금은 켄지에게 날개를 달아주었다.

-뭐야, 어제 못 보던 망토인데?

-때깔부터 다른데. 저거도 좋아 보인다.

-와 씨, 저거 저기 가 있네ㅋㅋㅋㅋㅋㅋㅋㅋㅋㅋ 저거 나 아는 형이 오늘 광부 하다가 먹은 거 1억 3천에 팔았다고 개 자랑해서 어떤 미친놈이 스페셜 등급 망토를 바로 사 갔다고 해서 부러워했었는데.

-반지도 달라진 거 같고?

-무슨 하루에 몇 개씩 템이 바뀌냐.

누구에게는 부러움의 대상으로.

-하, 판자 타임 온다. 시X. 1년 반 동안 잠도 안 자고 레벨 처올려서 네임드 처잡으면 뭐 하냐. 누구는 좋은 직업 하나 건져서 혼자 다 쓸고 다니는데. 여기서 몇억씩 템 사는 데 써봤자 효율 자체가 다르네.

누구에게는 질투의 대상으로, 그리고 한시민에게는 원망의 대상으로.

전쟁을 앞둔 한시민이 이를 갈았다.

가는 건 가는 거고 현실은 현실이다.

어쨌든 리치 왕국은 확장하면서 엄청나게 넓어졌고 그곳을 향해 사방에서 옥죄어 오는 수백만의 군대는 한시민이 그냥 설렁설렁 알아서 하라고 전권을 보좌관에게 넘겨줄 만큼 만만하지 않다.

어쩌면 리치 영지 하나였으면 괜찮았을 수도 있다.

그곳엔 이미 예전부터 이런 상황이 아니라 영지 자체가 사라질지 모르는 위협을 대비한 방어 대책들이 즐비했으니까.

하나 왕국으로 확장한 이후엔 성벽이나 마법진을 강화하지 않았다. 귀찮았거니와 왕국이 완성된 지 얼마 되지도 않았다.

그러다 보니 정말 발등에 불이 떨어졌다.

"그런데 돈도 한 푼 안 나오는데 굳이 위험을 무릅쓰고 막을 필요가 있긴 한가."

잠깐 의문이 들었지만 그래도 없는 거보다 있는 게 언젠가는 돈이라도 한 푼 들어오지 않겠는가.

무엇보다 여기서 밀려 버리면 답이 없다.

리치 왕국은 한시민의 상징이다. 거기가 밀리면 기다렸다는 듯 더 물고 늘어질 테고 대륙의 모든 사람이 한시민이 쓰레기임을 인정하고 공격해 올 것이다.

단순힌 NPC들에서 유저들까지.

"시X, 설마 그런 날이 오진 않겠지."

상상만 해도 끔찍하다. 게임에 접속하는 순간 주변에 있는 모든 유저와 싸워야 하는 상황이라니.

동시에 설레기도 했다.

뭐랄까. 게임을 정말 즐긴다는 기분이 들 것 같기도 했다.

하나 그거 때문에 힘들게 만든 왕국을 포기한다는 건 말도 안 된다.

지켜낼 것이다. 그리고 얻어낼 것이다.

"다 팔면 돈 좀 되겠지."

그를 위해 소집령을 내렸다. 오랜만에.

"다 모여라. 연장 챙겨서."

원래 처음이 어렵고 선봉이 힘들고 칼을 뽑는 게 눈치 보일 뿐이다.

몇 개의 왕국이 들고 일어서고 제국이 가만히 있고 신전이 도와주니 왕국들뿐 아니라 한몫 잡으려는 영지들도 너도나도 할 것 없이 군대를 일으켜 합류했다.

사실상 이건 리스크 없는 꿀 투자로 보일 수밖에 없다.

리치 왕국, 한시민이 주축이 된 대륙의 영웅의 왕국이라 해 봤자 이제 막 만들어졌고 다른 왕국들이 눈치를 본 건 어디까지나 제국의 비호 아래 있었기 때문인데 그게 없으니.

가진 힘이라고 해봐야 지금 모인 수백만 군대 앞에선 초라하기 그지없고.

거기다 털어먹으면 돈이 된다는 사실은 대륙 사람 중 모르는 이가 없다.

리치 영지 테마파크, 리치 카지노 두 곳에서 나오는 수익이 대륙의 관광지 중 다섯 손가락 안에 든다는 통계는 유명하니까.

해서 리치 왕국에 수많은 군대가 도달했을 때 그 시간은 얼마 걸리지 않았다.

피해가 예상되지 않는 전쟁이니 피로도를 생각하지 않고 무리해서 진격한 것이다. 조금이라도 더 좋은 자리를 잡기 위해.

자신들이 선봉에 설 생각은 쥐꼬리만큼도 없지만 적어도 성문이 열렸을 때, 성벽이 무너져 내렸을 때, 안전한 각이 보일 때 누구보다 먼저 달려들어 공을 세워야 하기에.

모인 군대는 한층 더 사기가 올랐다.

오르지 않고는 못 배길 만큼 사람이 많았다.

"와아아아아!"

"우와아아아아!"

"마왕은 물러가라!"

"대륙의 배신자는 심판을 받아라!"

누가 시키지도 않았는데 다들 외쳐 댔다.

분위기만 보면 이미 한시민은 36조각으로 갈기갈기 찢어져 죽어도 이상하지 않았다.

하루아침에 대륙의 영웅에서 역적으로!

스펙타클한 태세변환에 하늘에 먹구름이 드리웠다.

해가 짱짱하던 하늘이 어두워지니 자연스레 수백만의 시선이 하늘로 향했다.

그곳엔 거대한 용이 있었다. 갑자기 밤이 된 게 아니었다. 거대한 두 마리의 용이 태양을 가렸을 뿐이었다.

그리고 그 위엔 한시민이 서 있었다. 악마의 뿔 모양을 한 머리띠를 낀 채.

"아나, 난 악당보단 용사가 어울리는데. 자꾸 이런 쪽으로 모네."

그 위에서 한시민이 불만을 터뜨리며 혀를 찼다.

7

평소 일에 있어선 누구보다 칼 같던 김 대리가 오늘따라 바빠 보인다.

5시 30분부터 짐을 정리하기 시작하더니 초 지나가는 것까지 지켜보며 발을 동동 구른다.

자유로운 분위기의 회사에 원래 일에 성실하고 퇴근이라는 개념에 큰 의미를 두지 않고 회사 일에 열심히 하는 사람이라 누구 하나 인상을 찌푸리거나 저 인간이 일찍 퇴근하려고 대리 주제에 눈치도 없이 저러는구나 대신 집안에 일이 있구나 생각해 별일은 일어나지 않았다.

아니, 일어나긴 했다.

"김 대리, 왜 그래? 집에 무슨 일 있어?"

"아! 박 부장님, 죄송합니다. 제가 너무……."

"아냐, 아냐, 김 대리 일 잘하는 거 회사 사람들 다 알고 우리 회사가 뭐 그런 거에 눈치 주는 회사도 아닌데. 못다 한 일이 있으면 내일 와서 해도 되는 거고. 김 대리가 일도 다 안 마쳤는데 이러고 있을 리도 없고. 그냥 평소 안 이러던 사람이 그러니까 혹시 집안에 일이라도 있는데 눈치 보여서 말 못 하는 것인가 싶어서. 만약 그런 거라면 신경 쓰지 말고 먼저 퇴근해."

"아닙니다, 부장님. 괜찮습니다."

"어허, 괜찮다니까. 혹시 내가 김 대리한테 서운하게 한 거라도 있어?"

"아뇨, 절대 아니죠. 제가 너무 조급해서 다른 분들께 걱정을 끼쳐드렸네요. 죄송합니다."

"아냐. 김 대리, 정말 괜찮으니까, 말 안 해도 좋으니까 먼저 퇴근해."

"정말 아닙니다. 부장님, 진짜 그런 게 아니라……."

"아니, 정말 나한테 서운한 게 있는 거 아냐? 누가 봐도 급한 사람 같은데."

"……."

평소 사고만 치던 사원이면 누구 하나 걱정해 주기는커녕 잔소리하기 바쁘다.

특히 퇴근 시간도 아닌데 짐 다 싸놓고 고등학교처럼 급식 종소리 땡 치면 달려 나갈 준비를 하고 있는 게 어디 예뻐 보이겠는가.

하지만 우수 사원이라면 말이 달라진다.

팀에 많은 기여를 하고 능력까지 훌륭한 대리면 신경 써주고 떡 하나라도 더 챙겨주고 싶고, 퇴근 시간 전에 퇴근하고 싶어 하는 게 눈에 보이면 한 번씩 먼저 보내주고도 싶고 하는 법.

이런 상황에서 자격이 충분한 대리에게 자신의 권한으로 이 정도의 선심을 베풀어주는 건 다른 팀원들이 있는 상황에서 그들의 사기에도 영향을 줄 수 있는 좋은 기회!

부장은 아낌없이 김 대리의 등을 떠밀었다.

무언가 이유가 있어서 시계만 보던 김 대리도 평소 같았으면 극구 거절했을 텐데 은근슬쩍 등을 떠밀려 엘리베이터 쪽으로 향했다.

자꾸 '안 되는데'를 연발했지만 한 번 옮겨진 걸음은 점점 가벼워졌다.

박 부장은 그걸 보며 확신했다.

"원래 다 그런 거야. 회사 일도 중요하지만 집안일도 중요하지. 매일 이럴 순 없겠지만 김 대리가 초조할 정도로 큰 문제면 말을 하란 말이야 말을, 어? 김 대리처럼 일 열심히 하는 직원이 솔직히 말한다고 싫어할 상급자는 아무도 없어. 솔직하게 말하고 간다고 이놈 땡땡이친다고 생각하지도 않고."

"……."

과연 훌륭한 상급자의 표본이구나.

열리는 엘리베이터 문 사이로 김 대리를 밀어 넣으며 박 부장이 끝까지 쿨하게 손을 흔들어주었다.

"오늘은 이유는 묻지 않을게. 다음엔 그냥 이러한 일이 있다 대충 언급만 해줘. 알았지?"

"……예."

찝찝한 표정으로 고개를 끄덕이는 김 대리.

닫히려는 엘리베이터 문 사이로 잠시 고민하다 힘겹게 말을 꺼냈다.

"저, 부장님, 감사합니다. 그리고 말씀드리는 게 맞는 거 같아서……. 사실 6시에 판월 리치 왕국 해방전 시작하는 시간이라 평소답지 않게 조금 초조했습니다. 죄송합니다. 그리고 이해해 주셔서 감사합니다."

"……?"

타이밍 좋게 닫히는 문.

박 부장은 한동안 말을 잇지 못했다.

이렇듯 판월의 혁명은 수많은 사람에게 이슈였다.

그냥 이슈도 아니다. 거의 정말 현실에서 전쟁이 일어난 것처럼 사람들이 관심을 갖고 지켜보았다.

게다가 더 놀라운 사실은 그렇게 지켜보는 사람들의 95% 이상이 한쪽의 편을 들고 있다는 것이었다.

-진짜 떨린다.

-이거 실화냐. 내가 판월 1년 반 하면서 시민이 손해 보는 거 단 한 번도 본 적이 없는데.

-심지어 켄지마저 털어먹던 놈인데. 기반이나 다름없는 왕국을 뺏길까?

-내가 알기론 카지노는 모르겠고 영지에서 나오는 돈만 해도 현실 대기업 빰친다고 들었는데. ㄹㅇ 뺏기면 한강 각 아니냐.

-모르는 소리 하지 마라. 저 새끼가 지금까지 번 돈이 얼만데. 방송 한 번에 수십억씩 번다는 건 옆집 똥개도 아는 사실이다.

-세금 다 떼면 반도 못 받을 듯.

-반이 어디냐. 한 달에 100억 넘게 가져간다는 건데.

-어쨌든 시민이 망하는 거 내 인생 끝날 때까지 한번 보고 싶었

는데 잘됐다.

-ㄹㅇ 시민이 방송 보면서 아쉬운 게 딱 하나 그거였음.

심지어 한시민의 방송을 보는 팬들마저 그렇게 말할 정도다.

팬의 입장에서, 도리로는 응원하는 게 정상이지만 그 PJ에 그 팬이라고 인성이 닮아버리게 된 것.

어쨌든 전쟁의 서막이 열렸다.

모두가 기다리던 오후 6시. 당당하게 자신 있게 공지했던 시간.

영상을 통해 공개되는 군대의 규모는 엄청났다. 수많은 방송을 통해 공개되는데도 전체 화면을 찍는 게 불가능할 정도.

그만큼 리치 왕국은 넓었고 모인 사람은 많았다.

오죽하면 이런 말도 나오겠는가.

-사람으로 왕국 전체를 둘러싼 거냐.

-미쳤다.

-저 왕국은 리치 카지노랑 영지 빼면 나머지는 아무것도 없는 땅이나 마찬가지일 텐데.

과한 인원이 모인 건 모두가 인정한다.

하나 틀렸다고 하는 이는 없었다.

다만 불만이 나오는 요소는 이거였다.

-시민이는 방송 안 켜냐. 시점이 마음에 안 드네.

-켄지라도 켰으면 좋겠다.

-켄지는 뭐 하러 켜냐. 걔네들은 지금 레이드 하고 있는데.

-방송 켜져 있음. ㅇㅇ 레이드할 뿐이지.

딱히 볼 방송이 없다.

분명 이 전쟁엔 보상과 시청자라는 두 마리의 토끼를 동시에 노리기 위해 모인 수많은 랭커가 존재하지만 이 거대한 컨텐츠, 말도 안 되는 스케일의, 판월 역사상 어쩌면 최초이자 최고가 될 수 있는 화려한 영상을 그들의 시점에서 보는 건 아주 중요한 순간들을 놓칠 확률이 높기 때문.

말하자면 찌리들이다.

결국 초점은 이거다.

지금까지 엿 먹어온 켄지의 복수, 그 복수를 위해 모인 수많은 찌리, 그 찌리들을 막아야 하는 한시민.

누구의 시점으로 봐야 할지는 명확하다.

한데 18첩 상이 차려져 있는데 정작 중요한 수저가 준비되어 있지 않다.

그래도 사람들은 기대를 버리지 않고 참고 기다렸다. 그렇다고 기껏 기대하고 들어왔는데 고작 시점 때문에 안 볼 수는 없지 않은가.

커뮤니티를 통해 그나마 꿀잼 각이 나올 것 같은 방송들을 공유하고 그쪽으로 좌표가 찍혔다.

덕분에 나름 레벨 좀 되고 PK에 소질이 있다 싶은 유저, 전쟁만 전문으로 하는 랭커, 소문 난 비매너 길드 같은 것들이 흥했다.

전쟁 시작 전부터 원하는 바를 이룬 PJ들은 보다 열정적으로 자신을 어필했다.

말로는 혼자 왕국을 박살 내겠다는 의지마저 보여주었다.

하지만 그건 오래 가지 못했다. 하늘에서 거대한 용이 그 넓은 왕국을 둘러싼 모든 사람의 시야에 들어온 순간부터.

"크롸롸롸롸롸롸!"

"크롸롸롸롸롸!"

두 마리의 드래곤이 내뿜는 피어에 말로 게임 하던 나름 랭커들이 흔들린 모습이 방송에 고스란히 나가는 순간부터.

그리고.

-야, 시민 방송 켰다. 미친 새X. 50만 원이네. 그래도 난 간다. 수고.

-와, 이 시X놈. 전쟁도 일부러 낸 거 아니냐. 켄지도 전쟁 참여 안

하고. 이거 아니면 볼 방법이 없는데. 거의 대기업 독과점 수준인데. 제재 좀 들어가야 하는 부분 아니냐.

-몰라, 시X. 카드깡으로 결제한다.

-난 휴대폰.

-엄마 미안해.

그 어느 때보다 화려한 등장을 한 한시민의 시점으로 갈아탈 기회가 온 순간부터.

대륙의 악당이니 희대의 매국노라느니.

이참에 망해버렸으면 좋겠다던 시청자들이 하나같이 한시민의 방송으로 향했다.

PJ들 사이엔 이런 말이 있다.

-시청자 어그로에 흔들리는 PJ는 삼류고 시청자 어그로에 웃는 PJ는 이류다. 그리고 시청자 어그로를 만들어내는 PJ가 일류다.

무료로 스트리밍하며 시청자 수로 광고 수익을 창출해 먹고

사는 PJ나 유료 방송 컨텐츠를 통해 먹고사는 PJ나 결국 시청자가 없으면 돈을 벌 수 없다.

적당한 숫자를 유지하며 고정 수익을 창출해 주는, 대표적으로 성을 파는 방송이 아니고서야 공감하고 생각해야 하는 말.

그런 의미에서 한시민은 초일류였다.

“인생 조지는 거 한순간이지만 영지 버려도 먹고살 만하니까 대충 방송이나 잘 때우자.”

애당초 미련도 없던 왕국이다. 지키면 좋지만 아니어도 아쉬움은 없다.

아쉬워하는 건 보좌관이나 그렇겠지.

흑마법사들과의 전쟁 때 이후로 이토록 많은 준비를 한 것도, 아니, 그때보다 그 이상의 준비를 갖춘 것도 그 때문이다.

마음가짐이 달라졌다. 이제까진 그냥 설렁설렁 적당히 하면서 먹고살자 주의였는데 하루아침에 어쨌든 그의 모든 것이라 할 수 있는 영지마저 돈에 눈이 먼 돼지들한테 뺏길 위기에 처하니 그의 숨겨져 있던, 지금까지 잠자고 있던 본능이 눈을 떠버리고 말았다.

“그래도 레전더리 테이머인데 드래곤 두 마리쯤은 있는 게 이상한 건 아니지.”

밸런스 따위.

이제 베타고의 패턴도 대충 알았고 두려울 필요가 없다. 막바지를 향해 달려가는 메인 퀘스트인 마당에 더 아낄 필요도 없고.

빼액이도 쫓겨난 마당에 폴리모프를 유지해 뭐 하겠는가.

화끈하게 보여주리라. 켄지가 레전더리 등급의 교황으로 벌어먹고 있는 것 이상으로 벌어들이리라.

"가자."

화려하게 등장한 드래곤 두 마리가 날갯짓을 했다.

그 시간은 정확히 전쟁을 시작한 자들이 고지한 여섯 시였다.

드래곤의 등장은 분명 전쟁을 기획한 사람들에겐 계획에 없던 일이다.

하나 변수에도 불구하고 역효과는 나지 않았다. 오히려 사람들이 더 모였다.

대륙 최초 드래곤 레이드.

무조건 성공할 수밖에 없는 배팅이기에 더더욱 그렇다.

지켜만 보던 랭커들도 리치 왕국을 향했다.

숫자는 점점 늘었다.

드래곤에, 수달이에, 토끼에 모든 걸 동원한 한시민이라 해도 부담이 될 수밖에 없다.

소설에서나 주인공 혼자 수십만 적들과 싸워 이기는 말도 안 되는 그림들이 그려지지 여긴 현실이다.

게다가 지금은 수십만도 아니다. 수백만이다.

아니, 전 대륙의 숨 쉬는 생명체는 오크마저도 여기로 모이는 게 아닐까 싶을 정도로 몰려오니 어쩌면 수천만이라고 봐도 무방하다.

그런 적들을 상대로 파고든다?

한시민은 멍청이가 아니다. 그는 판단했다.

"리치 영지만 지킨다."

"방법이 있습니까?"

"나만 믿어. 보좌관, 내가 어떻게든 리치 영지 하나만큼은 살릴게."

어느 순간 내뱉고 있는 반말이지만 보좌관은 상관하지 않고 고개를 끄덕였다.

그와 함께 한시민이 손을 내밀었다.

"꿍쳐둔 골드 좀 내놔봐."

to be continued

쥐뿔도 없는 회귀

목마 퓨전판타지 장편소설

불친적하기 짝이 없는 이세계 '에리아'.
그곳에 소환된 '이성민'.

13년의 생활 끝에 죽음을 맞이한 그에게
또 한 번의 기회가 주어졌다.

재능이 없다.
그러나 그에겐 13년의 기억이 있다.

우연처럼 엮인 필연이, 그리고 목적이
그를 앞으로, 더 높은 곳으로 나아가게 한다.

이성민은 무엇을 바라였는가.
무엇이 되고 싶었는가.

"나는 다시 살아가 보고 싶다.
전생보다 나은 삶을."

Wish Books

스켈레톤 마스터

WISHBOOKS GAME FANTASY STORY

더페이서 게임 판타지 장편소설

오직 힘으로 지배되는 세상 일루전!

"스켈레톤 소환."

ㄴ 미친…….

ㄴ 저거 스켈레톤 맞아요?

ㄴ 뭐가 저렇게 세?

수백이 넘는 소환수를 지휘하는 자,
극악의 난이도를 자랑하는 직업 조폭 네크로맨서!
8년 전으로 회귀한 강무혁의 도전이 시작된다.

「스켈레톤 마스터」

"나는 이곳에서 강자가 되겠다!"

Wish Books

천마사냥꾼

운경 현대 판타지 장편소설

마수가 창궐한 세계.
염동 능력자이자 천마신공의 전수자 적시운.
그가 해야 하는 일은 단 하나.

'살아서 집으로 돌아간다.'

***천마(天魔)[명사]**

검은 안식일 이후 지상에
창궐하게 된 마수 무리의 지배자.

***사냥꾼[명사]**

사냥하는 자.

한승현 장편소설

리버스 슬러거

"그때 홈런 친 거 보셨잖아요?
절 왼손 대타로 쓰신다면서요!"

돌아가고 싶었다.
돌아갈 수만 있다면…….
정말 후회 없는 야구를 할 수 있을 것 같았다.

후회로 점철된 야구 인생을 바꿀 수 있는 단 한 번의 기회!

'과거와 똑같이 행동하면
다시 돌아온 의미가 없잖아. 안 그래?'